追花的人

　　季米担了那点"家当"往大山里走，宽田和那条黑狗阿旺紧跟在后面。日头还没丁点眉目，天才蒙蒙亮，村子很安静，鸡啼狗吠中就更让人觉得静。

　　没人知道这对父子的行踪，他们去了接云山深处。

山东教育出版社·济南

图书在版编目（CIP）数据

追花的人 / 张品成著 . — 济南：山东教育出版社，
2024.1

ISBN 978-7-5701-2572-2

Ⅰ. ①追… Ⅱ. ①张… Ⅲ. ①长篇小说 – 中国 – 当代
Ⅳ. ① I247.5

中国国家版本馆 CIP 数据核字（2023）第 137948 号

ZHUI HUA DE REN

追花的人

张品成 著

主管单位：山东出版传媒股份有限公司

出版发行：山东教育出版社

地址：济南市市中区二环南路 2066 号 4 区 1 号 邮编：250003

电话：0531-82092660 网址：www.sjs.com.cn

印刷：山东华立印务有限公司

开本：889 mm×1194 mm 1/32

印张：8.75

字数：140 千

版次：2024 年 1 月第 1 版

印次：2024 年 1 月第 1 次印刷

定价：38.00 元

（如印装质量有问题，请与印刷厂联系调换）

电话：0531-76216808

季米就带着宽田砍竹子伐木，没黑没夜地干。很快，那间棚寮就搭了起来，山里不缺竹木，就地取材。又过了几天，那些箱子也搁在了棚寮前前后后。

潘和详盯上了尊三围。

有条石条路，绳一样扯往远处，另一端却茎分数枝，岔开了几条"细绳"曲折延伸到那些围屋。

潘和详叫人搬来两把椅子，他自己坐了下来，示意管威虎也坐下来。管威虎说："我站着挺好，有什么话你就说，我站着！"

"我知道你们开辟了一条秘密通道。"潘和详突然说。

管威虎说："不只是通道，是共产主义阳光大道。"

那是个人。他伸手在那后生口鼻间试探，

还有口气。他喊了几声，又环顾四周，寂静

无人。他抬头往坡岩顶上看，那群马蜂还在

那盘旋飞舞。

他要把千草和杨太方背到一个地方，那是后崖高处的一个暗洞，在崖的半壁上，洞口被灌木和茅草遮掩着。要不是阿旺那天追一只野兔，季米也万万想不到这里会有个洞子。

季米就把决心下了。

　　他小心地摸下棚寮，往黑暗里走，走走，
停了下来，蹲在草丛里。

　　果然，他听到了响动，看见两个影子出
现在不远处。

就那会儿，季米突然冒出个念头，他使出浑身力气，用头猛地朝潘和详撞去，矮小的潘和详被愤怒的季米撞出老远。那支匣子枪也像只黑鸟从潘和详的手里飞了出去，飞到了崖下。

目录

第一章

一

儿子取名宽田

女人生伢的那天，正是冬至。望着被窝里女人拥着的那个毛伢红嫩嫩的脸蛋，那个叫季米的男人在屋外不住地抽着旱烟。他转动脑壳苦思冥想，该给伢起个什么名字呢？

"宽田"就是从太多的字词里跳出来的，那些吉祥的字词，一堆一堆风卷落叶样滚过来，纠缠着季米，弄得男人脑壳里糊糊的一团。他只埋头吸烟，烟从他鼻孔里出来，不知是哪股烟出来，突然脑壳里就跳出"宽田"两字。

男人跳了起来，嘴里喊："就它了就它了，就这名字！"

伢就叫了这个名：谭宽田。

人说：就这两个字，也叫好名？

人家叫天有，人家叫福来，人家叫招财什么的，都是吉祥如意的好名；也有觉得伢难养活，索性取个贱名，叫贱根、败叶、烂瓦、菜蔸什么的。可苦命人终究是苦命人，取那吉祥名字也未必让家族时来运转，几代人依然那命。但季米不愿给儿子起贱名，为什么要取那些难听的名字？

　　他想到田，想到地，这才是农人的命根子。季米家经过数代人的奋斗，终于有了两亩田，只是耕作了勉强饱一家人肚，远不像谭清旭老爷家。谭清旭老爷是财主，家里有几百亩田，他雇了长工种，自己从不下田，从不劳作，靠着收租，进出有轿子，前呼后拥，威风得很。

　　季米就想有那种日子过。

　　儿子取名宽田，田多多，地多多，宽到无以计数。那是多么好的事哟，赛过神仙。

　　儿子取了个名叫宽田，但季米家的田并没有多一分。季米面朝黄土背朝天，春耕、夏耘、秋收、冬藏……女人的肚子也再没见大，一切依然如前。谭宽田也一天天长大。日子不好不坏，一家三口这么过下去也没什么不好，一家人平平安安就好。

但这一年，季米时运欠佳。先是女人病了，眼珠黄黄，目光混浊，脸色如灶里柴灰，白不白，灰不灰，嘴里气短，出的进的如游丝，浑身无力气。郎中来问诊，号脉观苔后，脸色大变，说："哎呀呀，鬼魅进了你季米的屋了吧？这病我回天无力的哟！"

季米就慌神了。宽田长到两岁，却不会说话。人家两岁伢能说能跑的，可宽田只"啊啊"，嘴角涎水挂不住，不断地往下坠。

看着婆娘和伢这么个样，郎中说到邪祟，季米能不慌神？

他去找钱癫痫，钱癫痫儿时脑顶生了癞疮，脑壳顶部就有几块地方从此不生毛发。钱癫痫就顶着一个半秃不秃的头成天在众人眼前晃荡，但从不搭理人。有一天，街上来了一位算卦先生——十一指，钱癫痫就跟在人家身后，寸步不离。钱癫痫的爷寻思，他天生是个半仙吗？钱癫痫的爷就去求十一指。十一指左手比常人多一指，有六根指头。十一指是当地有名的神汉，大概因多一指，据说掐算得比同行准，当年出师才一月，就声名鹊起。

钱癫痢的爷揣了些银洋去找十一指，走到十一指家门边，故意抖了抖身子，那些银洋在他的口袋里发出好听的声响。钱癫痢的爷说："你看我家伢对别人都不理不睬，就成天跟在你屁股后面，你们有缘哩，你收他做徒弟吧！"

　　十一指收了银洋，钱癫痢成了他的徒弟。

　　钱癫痢去了季米家两回，但儿子宽田还是那个样。

　　钱癫痢说："这鬼魅邪气太重，我手段不行，得我师父来。"他就真找来了十一指。

　　十一指来到季米家做法事，端一个粗陶钵，盛半钵清泉；到灶里拨出些灰，是那种白白的柴灰，指头撮几撮，用根银棍棍搅和。十一指端了那钵，右手中指捏拇指，在钵里沾下灰水，往屋角各处弹了，口里念念有词。然后，他横眉怒目，持一把木剑，在屋子里到处戳。季米家屋子小，他就来来回回戳了好几回。然后，他从口袋里抓出东西，是白白的大米，往屋角抛撒，东南西北，一连抛了四把。十一指把自己弄得大汗淋漓，喘着粗气说："凶煞该收敛了吧？"

　　季米眉就跳了下，说："怎么叫收敛了吧？不是经你做法，应平安无事？"

"谁知道？"

"你看你十一指这么说？"

"大凶，这家伙太厉害了，不是说收就能彻底收拾了的。"

季米很无奈，说："十一指你收拾不了？"

"看吧！"

"哦！看吧？！你看你说看吧？"

"看吧就是看吧……"

季米脸就煞白，说："十一指师傅，你得给我想办法呀！"

十一指说："道高一尺，魔高一丈……你得请更大本事的人来。"

二
救命事比天大

婆娘没见好转；宽田长了个儿，但说话依然咿呀含糊。看去，宽田的个儿虽长，但比同龄伢的脑壳要大，眼白要多，眼睛呆滞，不太动。做爷娘的没在意，到五岁时，宽田仍说不清爽话，沾泥带水的。宽田娘更是成了霜天里的一根草，一脸死灰，看去，像随时要倒的一块朽木。

季米无奈了，砸锅卖铁，也得救婆娘、儿子。

没钱，哪来的钱？两亩地产出的米谷，只够勉强打发三张嘴艰难度过春夏秋冬。

也只有这两亩地了。

那天，季米一脸愁云地蹲在自家田埂上，望着面前那片田，禾已收过许久，霜打过，禾秆蔫软了，耷拉下来贴在湿软的黑泥上。田是好田，肥哟，虽入了冬，但依然有细嫩的绿萌发，虽没春里那么泛滥，但也长得有眉有眼。那边鸟雀乱噪，在冬日的阳光里跳啊叫的，似乎比平常欢乐许多。尤其那群八哥，在田里高高低低地跳飞着，刨食田里残余的谷粒。

季米往竹烟杆里塞烟末，抽了好几撮。周围无风，鼻孔里烟散不去，薄纱一样将他裹了。

谭清旭什么时候来的？小风掠过，余烟散去，季米就看见身边有双靴子。他猛地蹿起了身，怎么会是财主谭清旭。

"老爷？……是你？谭老爷！"

"是我！"

"你看你悄无声息的……"

"哦！"谭清旭好像笑了一下。

"你把我吓着了！"

"我没想吓你。"

"你当然不会吓我，老爷你吓我做什么。"

"就是！我吓你做什么呢？好好的我吓你？"

"我没想到你会来……"

"我来找你。"

"你看你找到这里来？你招呼一声我过去就是呀！"

"到家找不到你嘛。他们说你不在家，在地里，我就找到这地方来了。"

"谭老爷找我什么事？"

"听说你家有难事了，听说你家……"

"唉！前世造的孽哟……"季米摇着头。

谭清旭从兜里掏出几块银洋："救人要紧，你先用着！"

"这？"

"我看不得乡里乡亲的这样子……"

"这？……"

"人命关天……"

有人喊着"老爷"，急急从那头跑来，把一群八哥惊得炸开飞远。来的是谭府的管家敖七。敖七个子细瘦，像根移动的木桩在冬日光照里晃，晃晃就晃到跟前了。

"你个季米！……"敖七绷紧了脸说。

"又不是我？你看……敖七你……"

"是我找来的。"谭清旭说，"我看不得乡邻这样子……"

敖七说："你个季米！"

"你老说……"

"你还不收下？老爷一片善心，老爷是慈悲大善人。"

"可……这钱我会还的……"季米接过谭清旭手里的银洋。

敖七说："看季米你说的？你当然会还，你是守信用的人。"

季米点着脑壳。

敖七从兜里掏出张纸，还有个小小的匣子，匣子里是一抹朱砂。他拉过季米，抓住季米的食指往匣子里按了一下，又往那纸上按去。

"这两丘田做抵押，还上钱就返你，老爷又不收你利息。"

敖七拉了谭清旭要走，谭清旭又掏出几块银洋塞到季米手里。

季米捏着那叠银洋，发了好一阵呆。

"鬼敖七，你是有备而来。那份契还有朱砂，你都在衣兜里揣了。你个敖七！"季米有些空落，他没恨谭清旭老爷，却怨着敖七。

也是，救命事比天大，那一叠银洋，一块块从季米手心挣扎着离去了。县上郎中和神汉都请了，八方响当当好佬施尽医术、法术，皆没见丝毫效果。女人像一根行将燃尽的香，眼见就成了灰。

季米也请了县上手段更高的神汉来，都说那神汉有大本事。神汉来了，抓过宽田的小手看了看，脸就阴了，说："命纹少了哟！"

季米说："呀呀！命纹？"

神汉说："你看看，你伢这巴掌，通贯手哩，命纹叫伢魔抽去了，只留一根。"

季米于是端详了看，还真就是那样，宽田两只巴掌都只有一条掌纹。

"神仙来了也没救，你去南塘看看，那几个憨人都这么个通贯手哩。"

季米真的去了一趟几十里外的南塘，那镇子上几个憨人的巴掌他都抓过来看了看，确实都是一条横贯手掌纹。

季米灰心了。

宽田依然只长脑壳，不长身子，眼里混混浊浊。七岁的伢了，话说不全，说起来还扯东拽西的。

追花的人

三

清汤寡水的平淡日子也是活

女人走了，成了后山的一座坟。季米常常呆看着崽，愁得眉头打结。宽田，宽个鬼，祖传的两丘田也无影无踪了，成了谭清旭老爷家的田。

财主谭清旭每年将田里长的禾谷捐出两担给季米。山坡上刨荒土，弄点旱地种薯芋，清粥煮薯呀芋的，还掺了青菜野菜，虽是富人家看来猪食般东西，但勉强裹了腹，日子清淡了过。要这么过下去，也未必不可，清汤寡水的平淡日子也是活。

但季米心上系着一根细绳，那绳的一头拴着两丘田；细绳没日没夜扯着他，梦里也被扯醒，让他心上难受。季米不愿出门了，在村子里走，总觉得老少男女看他的目光中有异样。季米成天蔫着，宽田却完全相反，只要一睁眼就亢奋得无法抑制，手舞足蹈，眉飞色舞，嘴里叽喳碎语，谁也听不懂宽田说的是什么。

宽田长成了个痴伢。

他是季米心上的一块硬臭石头，搬不去，挪不动。

季米总觉得村人看他的目光里有刺。当人家和气地朝他笑、客气地跟他说话时，他想起八个字：佛口蛇心，笑里藏刀。

只有清旭老爷除外。

清旭老爷会突然出现在季米面前。他老那样。季米不知道清旭老爷为什么老那样。清旭老爷端了个水烟壶，季米没见他抽，他只那么端着。清旭老爷当然抽水烟，抽得很上劲，瘾重，但不知道为什么不在季米面前抽。

"你爷俩儿干脆搬到我大屋里去住了哟。"清旭老爷对他说。

季米知道谭清旭说什么，刘根有几个都住在谭清旭的大屋里。他们做谭清旭的长工，虽然田里劳作辛苦，但日子还算过得顺畅。

"那不行！"季米说。

谭清旭说："怎么不行了？刘根有他们都行，你不行？"

"谁知道……"

"你说谁知道是啥意思？"

季米说："清旭老爷，谁知道会不会给老爷大屋带去了邪祟？"

谭清旭笑了："邪祟、脏东西哪敢进谭家大屋，从没。"

季米说："宽田这么个样样……"

谭清旭不说什么了，也摇了摇头。季米没看见，他和谭清旭说话时脑壳一直低着，眼盯了地面。

再抬头时，已没了谭清旭的身影。

这谭清旭，神出鬼没。季米想。

那天，他带了宽田进山。宽田依然兴奋不已，竟触碰到一窝野蜂，被蜂追着叮，疼得呼天抢地。

季米过去，把宽田按沟里。蜂群嗡响着转悠了几圈，飞远了。

季米挨近那蜂巢，看见了那个蜂巢里的蜜蜂。

季米心里一亮。

四
宽田一脸的骄傲和自豪

那天，石角村人一大早没在崖下的井边看到宽田。

宽田痴迷挑水。每天公鸡一叫，他就担了两个小木桶，将家里那口缸里挑满水。他知道水是好东西，家在坎上，那里没水，即使下雨了，水也很快流个光光。宽田整天胡蹿乱蹦，容易口渴，没水喝难受，他就去挑水。人竖了拇指夸他，他觉得很得意。宽田每天一早就去挑水，他习惯了挑水，一大早就出现在那个地方。

那天，人们没看见那个痴癫伢儿来挑水。那条石阶路上，一早上也没见宽田的身影。

"咦?！"

"咦?！咦?！"

"咦?！咦?！咦?！"

人们都将脑壳扭到石阶路那个方向，那路像根绳，一头拴了那口井，另一头拴的是季米家那石头屋。

一直没有宽田的身影。日头跃上接云山峰顶，还是光灿灿一条石头路。

有人往石屋去。那条叫阿旺的黑狗没叫，动静全无。怪了怪了，那人想。门虚掩着，推门，吱呀一声响，阳光就涌了进去。

四壁空空，没人。季米和宽田父子，像经风的烟，早已经无影无踪。

季米和他儿子宽田去了哪儿？

"呲？！"有人很响地呲了声。

"呲呲？！"有人跟着呲。

"呲呲呲？！"后来，人们都那么呲了几声，摇了摇头，离开那空空的石头小屋。

接云山重峦叠嶂，绵延不绝。正是春上，山里草青竹绿，树茂花繁。各种花都争相开放，斗艳纷呈。

季米带了儿子来不是观景，而是养蜂。

那天宽田被蜂蜇，季米要一把火烧了那个蜂巢，可才点了火，却弄熄了。蜜蜂哩，有蜜。他小心地把蜜割了。晚上，季米用蜜泡了一大钵甜水。

"你喝！"

宽田抿着口，跳了起来，他从没尝过这么甜的东西。宽田咂着舌。

"蜂蜜。它们蜇你，你喝它们的蜜。"

宽田点着头，脸还肿着，但他顾不了疼。

"我们养蜂……"季米跟宽田说。

"不必看他们脸色了，也不怕他们看了。"

宽田听不懂，不知该摇头还是点头，好在昏暗里季米看不到，其实季米也没看，像自言自语。

"这下好了，眼不见，心不烦，我和宽田走远点，远远地……"季米说。

"清静了啊！清静了！"他说。

"我不想那么多了，我再也不会想了，脑壳里没烂絮烂草东西了。"他那么说。

季米在收拾东西，是剩余的一点谷子，还有床被絮。没点灯，黑灯瞎火，就那么点东西，不必有光亮。

然后，季米担了那点"家当"往大山里走，宽田和那条黑狗阿旺紧跟在后面。日头还没丁点眉目，天才蒙蒙亮，村子很安静，鸡啼狗吠中就更让人觉得静。

没人知道这对父子的行踪，他们去了接云山深处。

父子俩在深山老林里走，草深没人，树木参天。

走走，宽田走累了，对季米说："爷，我累……"

他们找地方歇息了会儿，吃了些干粮，喝了几口山泉，又接着走……

走走，宽田又走饿了，歪了脑壳，眼白多，眼黑少，对季米说："爷！我饿！"

爷俩就坐下来，就着泉水啃了几口硬薯。

接着走，直走得要软瘫了下去。宽田说："爷，我骨头成烂泥了哟。"

季米说："那我背着你走。"

宽田真的爬到他爷季米的背上，很快打起了呼噜。季米觉得真是一大坨烂泥在他的背脊上。

季米走到一个地方，那里有一块长满苔藓的方石，季米把苔藓什么的刮净，露出几个字来。季米不认识字，但知道那是界碑。季米不知道那碑立于何年，但看出有些年月了。

"就这了，到地方了！"季米对儿子宽田说。宽田当然不认识石头上的字。那是块界碑，这面是江西，那面是广东。界碑在两省的界线上。季米就觉得在这种地方不错，身处两地，一天能做两省的人，蜂也采两省的花。

好！这里好！没什么地方比这儿更合适的了。季米想。

季米就带着宽田砍竹子伐木，没黑没夜地干。很快，那间棚寮就搭了起来，山里不缺竹木，就地取材。又过了几天，那些箱子也搁在了棚寮前前后后。

"是蜂的家哩。"季米对宽田说。

"它们是蜇了你，可你也吃了它们的蜜，你别恨它们，两相抵消。"

宽田似乎听懂了，他点着头。

"蜂们是我们的朋友哩，今后就我们几个了，你、我、阿旺和蜂们。"

季米搭的是高架寮，不小，有几间。除了石灶和阿旺在地面，季米和宽田在离地三尺的高棚寮里。那些日子宽田被棚寮吸引，在梯子上上上下下，他觉得很新鲜。

"架高地方，豺狗呀什么的野兽就不怕了，夜里能安稳了睡。"

晚上就把梯子撤了，也让阿旺进棚寮。

夜里，果然有异样，阿旺老叫，但相安无事，是野兽。它们或许好奇新来的客人或者邻居，但它们没过分打搅。一夜相安无事。

季米带着儿子宽田开垦了一片地，田不成田，只能算

是旱地，种些菜蔬薯芋。季米还在周边挖了些陷阱，防野猪什么的，有时真有意外收获，一只野兔或者豪猪掉进陷阱里。当然，季米狩猎的办法有很多，在他看来，竹鼠、野兔这类小兽，他有足够的办法弄到手，有野味就有肉打牙祭。

宽田很喜欢新"家"，花呀，草呀，溪流呀，都可以觉得是自己家里的了。不像在村子里，宽田喜欢的东西，比如说大屋子、祠堂、井、整垄的禾、老樟树……宽田一说是我的，总有人驳他。尤其那些同龄伢，总是在后边嘘他笑他，起哄还事小，甚至往他身上丢泥巴。现在好了，一切都是宽田家的了，没人跟他抢了。

"都……都……是我们的？"

季米说："崽！都是我们的哟，全是！"

宽田眉开眼笑，他看见他爷手臂一挥，转了个大圈圈，那意思这周边一切都是自己家的了，就是天上的云彩和日头，也都是自己的了。

宽田一脸的骄傲和自豪。

欢天喜地。

五
他们说天变了

日子过得飞快，蜂箱里的蜂日渐多起来，蜂们鸣唱着，发出细细的声音。它们绕着棚寮转几圈，然后飞远，到山里有花的地方去采蜜。

隔不多久，季米就会出山一趟，每次都会带着宽田。当然不到万不得已他不回村里，只是收谷子时，回去把那两担谷子挑了来。季米和宽田常去的是山之北，那是广东的叫平远的一个县，县城不算大。季米把采下的蜂蜜挑去平远换回些日用东西。

就这样，春天过去了，日子如白驹过隙，转眼就一年了。

宽田长高许多，头虽然依旧大，但痴蛮劲少了。季米的话，他能听明白十之六七，也知道关心季米。

又到回石角的时候，季米说："我挑谷子去！清旭老爷还真守信用，每年给咱些谷。"

宽田说："爷，放心，我守着屋哩！"

"莫乱走，山里有贼有魔哩！"

"哦哦！"宽田应着，他怕贼和魔，"我不乱走，我就守着家，不让贼弄了东西走……"

一开始季米还担心宽田乱走，但每回宽田真就安分守己地待在棚寮里。

"打雷哩，你带上笠。"宽田说。

季米看了看天，响晴暴日，这季节难得有雨，正是农人盼雨的时候，年年这季节不来雨。

"哪里？这季节哪来的雨？有雨那是福事、好事。"

"打雷哩！"宽田固执地说。

"爷你听就是！"宽田说。

季米侧耳听了听，鸟啼虫鸣中，风还真送来隐约的轰轰声，像是有人在山谷里放铳的回声，再听，真就听出异样。哪有持续不断的铳响？季米也疑惑了，于是他背上斗笠，有备无患，未雨绸缪。

季米去了石角，觉得有点异样，但他没多想，径直进了谭清旭老爷家的大屋，看看不对劲，刚要退出，被门边荷枪的兵叫住了。

“哎！哎！”

季米傻在那了。

“找谁？”

“谭清旭呀，清旭老爷。”

“你找不到他了，没清旭老爷了。”

“你看，这是谭家大屋哩。”

“已经不是了！”

“怎么就不是了？”

“天变了！”那持枪的兵说。

季米抬头望了一下天空，好好的，天晴好无比，一切好好的。哪变天了？好好的，日头还是那日头，云彩还是那云彩。

“天好好的呀！”

“你看你这人，这里不是财主宅院了，这里成了师部，红军来了……”

“哦哦！清旭老爷把屋子盘给别人了？他人呢？”

持枪的兵说：“你说的那财主被剁了脑壳，财主家的财产都被分给穷人了！”

"啊?!"

"一切归工农了,一切归苏维埃了。"

他听不懂那兵的话,云里雾里的。

他说:"那我那两担谷子也没了?"

有人说:"你的事去找卢乡苏。"

季米没听懂,炉——香酥?炉烤香酥饼?糕点店吗?

有人把他带到卢劲环面前,他才恍然大悟。

哪是炉烤香酥饼,是卢劲环,以前是谭清旭老爷家的老长工。卢劲环做了乡苏维埃主席,人们就叫他卢乡苏。卢劲环还是那么张脸那么个身子,还是那么身装束,和先前一样的衣裤鞋帽,个儿矮小,其貌不扬。什么都没变,只是右臂上多了个红布箍箍,那红布箍箍还真管用,套在卢劲环的胳臂上,看去,卢劲环就不是先前的卢劲环了。

卢劲环对季米说:"没清旭老爷了,他被正法了!"

"哦,清旭老爷他……"季米想说清旭老爷不是个恶人,可他还没来得及说,卢劲环抢了他的话。

"你回石角吧!现在是穷人的天下了,财主谭清旭占你的那两亩田,又归你季米了!"

"真的？"

"当然是真的！红军给你做主，苏维埃给你做主！"

"可有契约的，白纸黑字……"

"全废了，成废纸了！"

"哦？"

卢劲环说："你看你与世隔绝，万事不晓，唉！"

卢劲环就把红军的事跟季米说了，说红军是穷人的队伍，共产党拉起队伍和国民党军队交上火了，把国民党赶得远远的，也把土豪劣绅赶跑了。现在成立了工农自己的政权，一切权力归苏维埃……

"哦，难怪打雷，宽田说打雷。"

卢劲环愣了："什么？打什么雷？"

"是你说的交火，你说红的白的两路人马交火，他们打炮哩，在山里远远地听了像滚雷。"

"哦！"

季米想了想，觉得就这么把人家财主的一切"打土豪"了？还有，他觉得自己和宽田都已经适应了山里养蜂人的生活，再出山会是什么情景，那还真难想象。

"十几箱蜂哩，怕是一时半会儿回不来。"

"哦，这样吧，你那几丘田让乡苏给你种了，每年给你三担谷子，就算乡苏租你的。"卢劲环说。

"你个卢劲环哟，我怎么能收租？"

"那就不叫租，你和宽田总得有米谷。"

事就这么定了，季米担了些谷子回棚寮。他觉得卢劲环是个好人，他觉得周边的那些人都是好人，他也觉得谭清旭老爷是好人。

"好好地交火……他们说天变了，是穷人的天了……"

季米坐在棚寮的竹椅上看着远天，像是对宽田说，也像是自言自语。宽田听不懂，瞪着一双小眼睛看着他爷。

"清旭老爷被人剁了脑壳，你看这事！"

宽田还是那样看着季米。

那些日子，这种"雷声"常响起，有时在山南面，有时在山北。季米和宽田不知道，红白间的战事频繁起来，一方叫"围剿"，一方叫反"围剿"。但无论如何，大山深处，一切相安无事。这里鲜有人迹，从来就是个荒避地方。

有很长一段时间"雷声"消失了，但那一天，密林的树梢高处却传来轰响，"雷"来自天上，要落雨了。但雷是滚雷，依旧晴空万里。真是怪，这年头怪事多多。

季米和宽田与世隔绝，他们养蜂，他们的日子过得舒坦惬意。当然，也许别人不那么看。

不管别人怎么看，日子是自己的，自己过得舒坦惬意了就行。

第二章

一

有人走就有路了

冬天过去了，早春时节，风依然寒冷，从林子里蹿出，像锋利的刀，割了脸，疼痛难当。

但春还是现了形，宽田在林子里，看见泥里拱出绿绿的"针尖"。他趴在地上看，是春草复苏。嫩草从才化冰的泥里拱出来，细嫩的一根，青黄颜色。

宽田喊了起来："爷！爷哎！"

季米跑了过来，他以为宽田慌急地喊是发生了什么事。

宽田指着那草尖："爷！你看！"

"我当什么事哩！春天来了嘛！"

宽田拍着手，笑着。

季米说："是哟！春天一来，花开了，花开了蜂就有蜜采了……"

宽田拍手。

"今年多了几箱蜂，日子要好些啰！"

宽田痴笑着，小眼眯成一条缝。季米没再管宽田，他在那边打制蜂箱。

阿旺却急急地吠叫起来，很快，宽田听到身后有异样响动。

此时，宽田正脱裤蹲下想解手，他支着两条腿，从自己的胯下往那边望。那么看东西，看什么都有些变形。是几个男人，脚怪怪地迈着步子朝这边走来。

宽田仿佛被针戳了一样弹起，裤子滑落在地上。

"爷！爷哎！"宽田喊着，惊恐万状。他起脚要跑，结果被裤子绊倒。

"呜哇！"宽田号哭了起来。

季米开始没在意，心想：又喊，春来了，山里什么都不一样了，春夏秋冬，一年四季，就是大山的四件衣服。大山随着天气变化换衣服，有什么大惊小怪的？

但宽田却撕心裂肺地哭起来。

季米走了过去，看见几个人走近了宽田。

宽田还在哭。

领头的那男人一脸和蔼，过去扶起宽田，一个伢给宽田穿好裤子。领头的那男人对那几个笑着的人说："你看你们？这有什么好笑的？"说着，看见季米来到跟前，他便朝季米笑。

"没想到这地方有人！"那男人对季米说。

"你把伢吓着了！"

"没想到嘛！把伢惊着了，老庚对不起了喔！"

那男人喊季米"老庚"，他甚至掏出盒纸烟，递给季米一根。

"没想到这地方还有人。"他又重复了一遍这句话。

季米说："我也没想到还有人从这里路过，这里从来没路的呀。"

"有人走就有路了。"

"也就你们走。"

那男人笑笑："是我们的路。"

"你们吓着宽田了。"

"谁是宽田？"

季米指了指宽田，宽田已经走出惊恐了，现在是一脸亢奋。来人里竟然也有个伢，和宽田差不多大的一个伢。天晓得怎么了，他们竟像老相识，好像认识多年的一对老朋友。很短的时间里，他们就疯玩了起来，玩得不亦乐乎。

那男人说："是你儿子？"

季米说："宽田是个痴伢，跟你家崽有缘分哩。"

"千草不是我崽，他是我的帮工。"

"哦哦！你们贩货？"

"总得弄些生意养家糊口。这年头红的白的两虎相争，做生意也犯法。"

"哦！我回石角，买不到盐，去山北，卖了蜜，要进盐，以往我都是带几斤甚至十几斤盐回来……"

"如今不行了！"男人说。

"唉！一次只准买半斤，盐吃完，又得走那么远的路专门买盐。人缺不得盐，你就得走远路。你看，劳民伤财！"

"可不嘛！"那男人说。

"也是，石角的谭清旭都被剁了脑壳，他们说'打土豪'。"

"嗯！"那男人把话题扯开，"我们想在你这歇歇。我们给钱，不白吃白住。"

"粗茶淡饭都算不上，给什么钱？看你老庚说的，这里从没来过客，你们来了，是我季米的福气。"

那边，宽田和千草玩得上劲，两人都一脸的笑，看样子，他们投缘。

宽田笑着把手伸给千草："你看……看……我跟别人……不一样的哟。"

千草看见那手掌中有一条粗粗的纹，他知道好多憨人的掌心只有一条纹。可宽田不知道，他把自己比别人的异样处当成骄傲。千草心里就一堆的乱草，他想笑，笑不出。

好在那边季米在喊宽田。

季米喊宽田生火。很简单，那土灶里火炭常年不熄，把干柴塞进去，火就旺旺地燃起来。那口锅里的水很快翻滚起来。

季米弄东西下锅，几个男人围了土灶抽烟扯闲天。起锅了，里面是野菜粥，每人一钵碗。他们稀里呼噜地喝了，然后都围着那灶睡了。

宽田还不想睡，还想和那个叫千草的伢疯。但那几个人太累了，早软成一摊泥。

第二天一大早，那男人塞给季米几个豪子。季米执意不肯收，脸涨得发紫，唇颤着。看他要生气，那男人才将豪子收到兜里。

"季米，你是个义气人，我们做兄弟！"那男人说。

季米点着头。

"我姓管，名威虎，叫管威虎。"那男人说。

他们还真摆了场仪式，说出了出生时辰，竟然同年同月生，那男人比季米大三天。

"呀！呀呀！竟然这么巧！"

季米说："命哟！你不信命还真不行！"

"我们做结拜兄弟是上天的安排！"

"那是那是！谁说不是？"

"那我们走了哟！"

季米拨开柴灰，那里煨着几个薯，季米把那些熟了的薯让几个男人带上。

"出山还得走一天，你们带着路上吃！"

男人们上了路。

宽田随几个男人走出老远，他舍不得千草。千草给了他一块小石头。

季米和宽田当然不知道这一行人的真实身份。

他们可不是一般的人。

二
他不知道这些人负有重要使命

红的白的交火，打过三场生死大仗。可白的吃了亏，不是一般的亏，是大亏。第一次所谓"围剿"，大军压境，没想到被红军给围堵在大山里"关门打狗"。兵败如山倒，损兵折将，不仅如此，甚至连总指挥，就是帅吧，也被红军生擒了。

又接连两次大"围剿"，心想事不过三吧，愣就是三次都败得落花流水。

官府就急了，南京那个统帅更是急火攻心。

有人上万言书，献上良策。这么攻不成，得"三分军事，七分政治"。已经三次大军"围剿"，却被人家以少胜多打得落花流水，不成体统。得改变策略，这回先政治，后军事，且七分对三分。

统帅阅后，喜不胜收。"有道理呀，有道理！你赤匪才多大地盘？你才多少人马？我多你百倍千倍，不急着攻，铁桶样围，派暗探实施破坏，多管齐下，万箭穿心。当然都是暗箭。敌在明处，我在暗处，等你是山穷水尽的笼中困兽，还不由了我怎么收拾！"

很快，一切似乎偃旗息鼓，然苏区边界却大军布阵，围而不攻。

"三分军事，七分政治。"敌有新谋略，我必有新对策。红军得想出破局的良策。

"七分政治"中，经济围困是重中之重，粮食、日用品什么的当地能勉强生产，勒紧裤带凑合了对付。可食盐、西药、枪支弹药等紧俏物资呢，不得不靠外面运入。围得水泄不通，就得想办法弄进苏区，尤其是食盐、西药及特殊物资。平常人不知道"特殊"两字的分量。别的不说，光说印钞。中华苏维埃共和国临时政府要开办银行，得要印钞的原料吧？这就是"特殊"物资。油墨和印钞纸，都不是一般的东西，特殊啊，得到香港去购。费用不是事，怎么才能万无一失地运入苏区？这是让人头痛的难事情。

但无论如何得想办法，付出一切代价也得把东西运进来。

中华苏维埃共和国临时政府指定一专门机构负责这件事，下令保卫局组建了执行队，队员是清一色政治可靠、智勇双全、武艺高强的精干人员。这支精干队伍专门负责重要人物和物资的护送。

红军也急需开辟一条甚至数条秘密交通线。

管威虎被叫去了瑞金，首长给他下了命令。内容就是要组建秘密护送队，开辟一条苏区与白区之间的秘密通道。

这天，他们正在大山里"辟路"，穿山越岭，披荆斩棘，在大山深处，偶遇了季米和宽田。他们在那待了两天，走了好几天，得歇歇。两天里，管威虎仔细看了地形，也分析了周边的情况，觉得季米、宽田这棚寮做交通站再合适不过。

"界碑就在这，一地跨两省，属于两不管地带。"管威虎和他的手下说。

千草和立五几个都点头，他们知道管威虎的意思，这条秘密交通线得有交通站，新辟的这条路确实很隐秘，但中途得有供补给和休歇的站点，季米、宽田的家成了最理想的交通站。

他说："老庚，下次我们还会来看你和宽田，我们会常来。"

季米说："你们想来就来呀，没有好东西招待，但蜜茶、番薯还是有的。"

后来，管威虎带着执行队执行护送任务，不管是送人还是送货，都会在季米和宽田的棚寮里歇息，给父子送来盐巴、吃食及其他物品。

这成了执行队的交通站。

隔上十天半月，管威虎就会带人往外运送些"山货"，又从那边带上许多货物到苏区来。

宽田常常和千草玩，每回都很开心。

季米不肯收兄弟的票子，但管威虎每回来都送给季米一坨盐巴，也带些点心什么的给宽田。

季米跟宽田说："你要叫他伯伯！"

宽田说："哥哥！哥哥！"

宽田没叫错，他拉了千草的手哩，他是在叫千草。

那天管威虎几个早早就睡了，他们赶了两天的路，疲累之极，几个人横在不远处的软草上，那是夏日，树荫下很凉快。宽田到他们放包袱背篓的地方玩。四周很安静，宽田一脸的好奇，他拆着一个包裹的麻绳。很快，包裹散了，掉落地上的是一些乌黑油亮的铁物件。宽田拾起，正把玩，突然，耳边炸雷样响起吼声。

是千草。千草脸绷着说："放下！叫你不要乱动东西！叫你别动！"

突如其来的呵斥声和千草的那张脸，把宽田吓坏了，他号啕大哭了起来，撕心裂肺。

那么大的呵斥声和哭声把大家都惊动了。

季米认出那东西是枪，先前财主谭清旭家里有一支，用来防匪，他有时会拿出来在众人面前把玩。

季米说："你们还有枪？"

管威虎说："这么个兵荒马乱的年月，在红白两个地盘上做买卖，谁知道会碰到什么意外。"

季米说："也是！"

管威虎说："就是红的白的官兵不横生是非，山匪呢？劫货抢人的事也是常有的。"

季米说："宽田他不晓得那些是什么东西……"

千草一脸的悔意："我急嘛！我怕宽田弄响了枪，走火伤人不说，还暴露了我们。"

管威虎说："你们是兄弟，有话好好说。"

千草跟宽田说："是哥的错，哥不该对你这样！"

宽田还是哭。

"哥狗屎！哥烂泥！哥不是好东西！"

宽田哭声不绝。

千草扇了自己一巴掌。

宽田无动于衷，依然咿呀地哭。

千草无奈了，他也想哭。突然，他想起什么，拈起根草，笑着，用草尖尖捅入宽田的左耳。

宽田弹跳开去，咯咯咯地笑了起来。宽田那么一笑，把所有的不快和郁闷都抛个光光。他们像什么也没发生一样，又忘乎所以地疯玩了起来。

宽田再也没动过千草和他的伙伴们的"东西"。但他依然充满好奇，越来越觉得这几个人很神秘。千草却拿出那支匣子枪退掉弹匣给宽田玩，教他打开机头，教他扣扳机。宽田很开心，把一切当作游戏。

"管它呢！"季米对宽田说，"他们又不是坏人，他们待人和气，看他们的言行举止，都是人物哩。"

宽田说："好人……好人……好人……"

季米和宽田经常坐在黄昏中的竹寮里说这些话。

其实他们是想管威虎、千草他们了。

峡谷两端是来去的必经之地。他们往峡谷方向看，有时候往南看，有时候往北看。

管威虎、千草他们总是突如其来，给季米和宽田十万分的惊喜。

那会儿，暮色时分，季米和宽田坐在棚寮里那么叨叨着看峡谷口。

"他们该来了。"季米说。

"嗯嗯！"宽田拼命点头。

可没来，影子也没一个。季米和宽田很失望。

"睡吧！"季米说。

可有时季米说："你看，要下雨了，梅雨季节，这么个天气，十天半月停不了，他们来不了啦！"或者是冬天，"霜天，北风如刀，他们想来也难来，谁找这罪受？"

但每回以为不会来，管威虎几个偏偏就出现在了眼前。

"你看，这鬼天气，你们找罪受？"

"命！"管威虎笑笑，不多说。

季米眨巴了会儿眼，他听不懂他哥话里的意思。

什么叫命呢，命不好吗，这跟命有什么关系？要钱不要命的哟，这么个天气，在这么个地方出没？没有人追你逼你。唉！作孽。

他不知道这些人负有重要使命，流血流汗，不怕牺牲。他叫宽田抱柴，给他们生了堆大火，让他们暖暖冻得半僵的手脚身子，又在米桶里舀米，煮粥。

季米让他们几个饱餐了一顿热粥，暖乎乎地睡了个好觉。

三
蓝衣队里高手如云

潘和详在蓝衣队里也算个角色。

这一年的七月，在省城南昌，为加强对闽赣"匪区"的"围剿"，最高统帅采纳了杨永泰的倡议，对"匪区"施行"三分军事，七分政治"的策略。为此，专门下令组建"军委会别动总队"，并任命康泽为总队长。这个别动总队又被人称作"蓝衣队"。

蓝衣队队员都是从各地精挑细选来的好佬。潘和详是好佬中的好佬，就更不是一般的角色。

其实潘和详毫不起眼，不仅不起眼，反而有些碍眼。他是个矮人，出生时和别的毛伢没什么不同，长到十岁时，身子好像被什么给点了，饭照吃，觉照睡，就是不长个儿。别人对潘和详爷娘说，这是遇了邪、撞了祟，要摆治。可求神拜佛，找半仙神汉，办法用尽，没起丝毫作用。

爷娘没办法，只能听天由命了。只是觉得这么个人，手不能提，肩不能扛，农活重活是做不了的，总得为伢将来想想。潘和详有个叔在城里一家药铺做账房，算盘打得好。爷娘就把他交了这个叔，让潘和详学打算盘。没曾想，潘和详不长身，似乎很长脑，脑壳灵活，学算盘更是转得快。人家单手拨那些珠子，他能双手拨。人家要一炷香时间才算得清楚的数字，他在第一缕烟尚未散尽时，就把数字算出来了，且算得分文不差。

去年，康泽长官路过那家药铺，心想正好要抓几服药，掀帘入门，就听得算盘噼里啪啦一串响。看去，一双手，一个大脑壳，一个大算盘，算盘珠子在那来回跳动，叫人看得眼花缭乱。

康泽长官曾受命组建"蓝衣队"，最初的十三人，除刘健群外，清一色都是黄埔高才生，都是了不得的全才优才，被人称为"十三太保"。

长官跟那个账房先生说："你徒弟了不得哟！"

"我侄他脚短手短，又做不得别的什么事，只成天用脑子，脑壳还灵光。"

"我要个会用脑子的人。"

那天潘和详被带了来，谁见了都吃惊，这么个侏儒怎么被长官选中的？这不开玩笑嘛！

长官说："潘和详今后和大家一起训练。"

潘和详笑着说："今后拜托各位兄弟，请多关照！"

没人把潘和详当回事。

就那么个身子，腿短胳膊细，巴掌比块银洋大不了多少，各项训练皆落人之后自不必说。可要说动脑的活计，潘和详样样都得心应手，成绩突出，不只是打算盘算数字，还有各类棋，没人下得过他。

潘和详成了康泽长官心目中的一枚重要棋子，一有重要任务，总把他放在重要的地方。

潘和详在泰和一带活动，泰和是红白交错的地方。潘和详的那个据点，当然是一个重要棋眼。

"三分军事，七分政治"施行有些日子了，按推演，这么长时间过去，"匪区"应呈现某种败迹。但事实上却没有，不仅没有，那里似乎还生机盎然。这就不对了。比如盐巴，人缺盐不行，几百万人得吃盐。按上头的测算，"匪区"没了盐一切皆崩，人人精神疲软、浑身无力，那还怎么打仗，既无士气，亦无斗志。可怎么每次大小交锋，红的将士仍不失士气和斗志？怪了？再看"匪区"过来的百姓，也没见与以往有什么区别。

南昌行营对报告十分震惊，派在"匪区"的暗探对此进行"认证"，反馈回来的消息不容乐观："匪区"各地，似乎并不缺盐。"三分军事，七分政治"，铁桶样的围困，滴水不漏。怎么一年下来对"匪区"似乎并无多大影响，效果不明显啊。

有情况，不是一般的情况。问题出在哪儿？明眼人一分析，显而易见嘛，有漏洞，铁桶阵并不是铁板一块。

漏洞出自何处？

南昌行营调查科令蓝衣队竭尽全力查清此事。各路情报汇总，结论只有一个，那就是铁桶也好，木桶也好，肯定这"桶"什么地方有了裂缝，漏水哩。

桶漏了补漏。行营调查科组建了一支队伍，上司想来想去，觉得潘和详这人当头儿合适。

由潘和详带领的一支特别行动队由此组建，也为补"桶"开始了行动。

潘和详老谋深算，先搜集情报，"匪区"内的探子把各地的大小情报汇总送来行营调查科。潘和详与调查科精干同事从中细致分析。

结论出来了。

"赤匪"有秘密通道，重要物资皆是由秘密通道进入"匪区"的。可通道有几条？分布在何处？一切皆不得知。为了找到"桶"的漏处，上级便往各处发号施令，让各地眼线四下里活动。

潘和详是那种精明角色，关于红白间的通道，一想，就想出这个"路"字。

潘和详那些日子在"匪区"做一家染坊的账房先生，白天算盘打得山响。布匹衣物也是禁入"匪区"的物品，所以，"赤匪"大肆植棉，以棉纺纱，以纱织布。织出的是土布，土布须染，染坊变成了重要情报获取的地方。

红军士兵要穿衣，虽有自己办的被服厂，但染布还得请镇上师傅染。有人送大批的布来染，潘和详就能从中推算出这一带红军有多少人马。情报送上，上司与其他情报相互印证，出入不多，都暗暗感叹潘和详的神奇。

可潘和详却被召唤来组建这么支队伍，要找出红军那条秘密交通线。

那些日子，他面前堆了大堆的文件，是各地送来的情报，五花八门，林林总总。他一字不漏地读，苦思冥想，挖空心思寻找蛛丝马迹。

他从乱麻中找出点头绪来了，隐隐觉得交通线应该在南丰或南城这两个地方。

潘和详指示手下把南丰和南城的诸盐商都进行严密监控。潘和详信心满满，以为把悟空捏在了如来佛的手心。板上的钉子，十拿九稳。

可查来查去，没什么线索，蛛丝马迹也没有。那些盐商，进货来路清清楚楚，出货去向明明白白。

"嗯，或者再远些的临川那一带。可那么大片地方，盐商无数。"手下说。

潘和详说："也得查个清楚。"

虽然地方大，但还是翻查了个底朝天，结果却仍不乐观。

又是苦思冥想，潘和详突然就一拍桌子：也就南面了，"匪区"的南面。

潘和详当然不是没想过红的会打南面的主意，南面是"赤匪"选择秘密交通线的首选之地，但一来那片地方属于广东，是粤军的势力范围，是陈济棠的地盘。陈济棠是不好惹的角儿，有时连蒋委员长也未必放在眼里。这就有些投鼠忌器了。二来，陈济棠会轻易允许赤色之焰再度复燃？"赤匪"在那开辟秘密通道，得设交通站，那些交通站，显然就是往粤军地盘上插钉子嘛。这些"钉子"说不上什么时候就成了"火种"，一旦时机成熟，就会干柴烈火烧起来。陈济棠会那么蠢？

潘和详满是疑惑，但还是不得不往那地方动脑筋，真就开始把重心放在了南面。

先是摸情报，千头万绪，细细理呗，从蛛丝马迹中找线索。线索或者说"证据"很快就有了。

是钨矿。

一直以来，钨就是一种很特殊的"石头"。潘和详对"匪区"的一切，尤其是重要处和关键点都十分了解。潘和详一直很认真地搜集与钨相关的资料和情报，从这个点上延伸到面。他很清楚，第一次世界大战后，欧洲各国都在准备下一场决斗。尤其德国已经迅速地从失败的沮丧中走了出来，而且恢复得非常快，工业迅速发展。扩军备战需要精尖的武器，钨是生产武器的重要原料，尤其是制造炮弹。要想击穿坦克，这种稀有的矿不可或缺。那种炮弹叫穿甲弹，在制造中，钨起着关键作用。德国的军事工业急需大量钨砂。德国人在世界各地找钨，不择手段，不惜代价。

"匪区"被封锁，一切都匮乏，唯独不缺钨。潘和详请行营调查科长官收集来"匪区"钨矿生产的情报。送上来的情报林林总总，看上去确实很多，也很详细，但分析来分析去却模棱两可，不着东西。

潘和详想，"赤匪"地盘上有大大小小许多的钨矿，但最主要出砂的是铁山垅、盘古山、小龙三个矿区，还有一座白鹅洗砂场。那里一直不间断地生产，钨砂源源不断地从那些地方出来，这些日子从没断过。钨砂去了哪里？

潘和详年初曾得到相关的情报，言德国军火投机商人汉斯·克莱恩，作为德国驻华军事顾问团的随员来华访问。但此人入境后，并没有和顾问团的成员集体行动，而是突然失踪了。后查明，汉斯悄悄地跑到了广州。一个军火商，他去广州干什么？汉斯是去找陈济棠，是向陈济棠要钨砂。这次暗中会面，两人一拍即合。

世界上钨矿藏最多的是中国，而中国钨矿最多的地方在赣南，就是"赤匪"割据的这片地方。

陈济棠上哪弄钨砂，不言自明。也是年初，潘和详得到线报，"赤匪"成立了中央国民经济部和中央对外贸易总局，并相继设立了六个直属对外贸易分局和十个采办处。随后，又成立了河流修道委员会和转运局，打造了三百多艘货船。这些船运的什么货？显然，陈济棠和"赤匪"暗中做着交易。"赤匪"以钨砂换取他们急缺的食盐等物资，仅在赣县江口一地，出"港"进"港"的货物就不在少数。直至五月，实施"三分军事，七分政治"之剿共新策略后，才对粤军所为予以严格监视和限制，若再走私，一律以通匪论罪。

但公开转入了地下，那片大山深处，一定有一条甚至几条秘密通道，仍然进行着钨和盐的交易。

得去实地摸清一切。

蓝衣队里确实高手如云，但潘和详思前想后，得亲自出马。不入虎穴，焉得虎子。这一回，他要对付的不只是"赤匪"，还有粤军那些家伙，那是些唯利是图、见利忘义之徒。

潘和详就有了安远之行。

得有个助手，他挑中了杨太方。

四
他没想到会在那么个地方碰到伯乐

潘和详带着杨太方去了安远。

安远是个偏远的小县，"赤匪"曾在这经营多年。潘和详敲着街上那家馆子的门，那家馆子不做早点，街上没什么早点铺。当地人家多是自己做早饭。街上有家粉面铺，不做面，只做粉，粉叫"三鲜粉"，是当地的一种特色小吃，还有做烫皮灰水板的。灰水板是邻县定南的一种特色小吃，在村镇里很时兴。

潘和详去了街上，杨太方一直跟在他的身后。到了那家馆子，潘和详敲着门。

"哎哎！一大早的你有什么事？"那个胖掌柜打开门对杨太方说。

潘和详说："掌柜，你们找掌勺师傅吗？"

那掌柜才看见一边的潘和详，他眨巴着眼看了潘和详好半天，说："我是找掌勺的，不是找做烧饼的。"

潘和详当然听出掌柜话里的意思，这不是笑他武大郎吗？潘和详没在意，装作没听出话里的意思。其实在集训队，他的外号就叫"大狼"，大家背后都这么叫他，后来，人前也这么叫，潘和详毫不在意。

"哦哦！掌柜的，你没说错哟，在家里，人人叫我'大狼'。"

掌柜笑了，他当然听成"大郎"，武大郎，觉得有些尴尬，把话扯开。

"我没看见你哟，我只看见这伢。"掌柜说。

杨太方说："我十七了！"

"哦哦！那不能叫伢了，叫后生。"掌柜指了指杨太方对潘和详说，"你儿子？"

潘和详说："我徒弟哩！"

"噢，我想你这个矮人也生不出这么高大的崽来。"

"龙生龙，凤生凤，老鼠的儿子会打洞是吧。可他比我长得高，一看就知道他不是我家崽。"潘和详自嘲地笑着说。

掌柜有些尴尬："你看你这人，你看你咋这么说？"

潘和详知道那肥头大耳家伙话里的意思，说："我知道你那么想，他叫杨太方，不是我儿子，是我带的徒弟！"

"十七了，看去像二十岁……我就那么问问，我怎么会把他认作你儿子哩？我眼又不瞎。"掌柜解嘲地说。

潘和详记得和杨太方结缘的事情。

潘和详要去学校里选人。蓝衣队要找合适的精干的人做队员，校方挑出些他们认为优秀的学生给潘和详面试挑选，潘和详在那待了一上午，没挑出满意的。这些学生几乎都在最后一道题上失手。最后那道题很特殊，是盘象棋残局。潘和详叫人在那摆了个很大的棋盘，棋盘上一副残局。几个后生前面的关都过了，但这残局他们看不明白，走走就走成死局。

潘和详很失望，正要走。杨太方进来了，他给大家倒茶时，一侧眼看见了那残局，顺手拈了个棋子。

潘和详后来跟人说："我一看那小子拈起的是那枚子，就知道这人肚里有货。"

潘和详眼睛一亮："你走！你落子！"

杨太方悬着的那只手落了下去，那"车"被杨太方放在了一个地方。

潘和详眼睛又是一亮。

"没人会走那一步的，没人！"潘和详后来跟人说，"那是个圈套，也是步险棋，没有后手，是不敢那么接招的。我不信那小子能有那种后手，那不是一般的人能想到的。我跟他对弈起来，跟那小子过招，可——他还真把我赢了。"

潘和详问杨太方："你叫什么名字？"

杨太方说："我叫杨太方！"

潘和详朝大家摆了一下手，说："就他了！"

大家愕然，杨太方当时也云里雾里。党国重要部门，统帅亲自过问的情报机关，派员来此选材，是多么重大的事情，得谨慎认真、一丝不苟。谁也没想到会这么草率。谁也没想到最后挑的是杨太方。杨太方不仅其貌不扬，而且根本就不像从事这种职业的人嘛。

潘和详说："杨太方比我还高出一截，为什么没人问我像不像干这行的？"

人家说："你是长官亲自选出的人嘛。"

潘和详说："杨太方也是我亲自选出的人。我觉得他行。"

杨太方很惶然，也很亢奋，他没想到会在这个地方碰到伯乐。

杨太方来自农家，家里不算太穷，在镇子里还算过得去，可家境绝对无法与那些有钱人家的比。家里节衣缩食，杨太方吃不好，喝不好，先天就营养不足。但杨太方却比那些富家的同学高出一截，他们不知道，乡间孩子自小要砍柴种地，各种农活都要干，干活食欲好，虽说家里穷，但靠山吃山，山里可以果腹的东西一年四季都不缺。吃得多，又多运动，长个儿不是怪事。

但他却因这个，倒是更遭富家同学妒忌。

杨太方的衣着较之富家子弟的要寒酸许多，他在学校一直被人歧视，抬不起头，看人不敢正视。平日里除了读书，还是读书，他也想呼朋唤友、吆五喝六，像那些同学一样人前人后趾高气扬，不可一世。可他在那些富家子弟面前怎么也挺不起腰杆。他很自卑，也很孤独。要论品行操守，自己哪样比人差？其他诸方面，也不比其他人差。要说努力，自己更是胜人一筹。可他总觉得黑云压顶，周边一片莫名的混浊。一切都让他心灰意懒，以致压抑。唯一排遣这些情绪的方法就是读书。他把自己埋在书本中，读得烦了，就一个人研究象棋残局。只有在考试之后，先生宣读学生的成绩，念到杨太方的名字时，他才被人侧目看那么几眼，之后就又归于平常。兵荒马乱的年代，富家送子女到省城读书，并不看重学业，只是这地方有机会，是个很好的平台，常常有达官贵人来学校，万一被什么人看中呢？平步青云，高官厚禄……再说，手里有一纸文凭，是最好的敲门砖，好在上流社会混。但杨太方命不好，差半年就要毕业了，镇子里春上大雨，山体滑坡，泥石流将他家的屋子埋了，杨家老小没一个逃脱厄运，只留下他这根独苗。

杨太方万念俱灰，靠族里人资助，靠老师和一些同学帮忙，他才把这几个月的学业继续下去，才咬着牙把余下的寒窗日子熬了下来。

他很消沉。没人觉得杨太方能有出息，连他自己也不相信。

但这一回，却让大家目瞪口呆。

"呀呀！就他了！"潘和详说。

大家看着潘和详。

"你看你们那么看我？"

大家还那么看。

"知道不？"潘和详说。

大家还是大眼小眼地看着他。

潘和详觉得这些人有些无聊，他转向杨太方："你真不简单，卧虎藏龙，这几步走得绝！"

杨太方说："七步，就七步……"

潘和详说："七步必杀！"

杨太方说："七步，每一步都步步危机，或者杀机……"

潘和详说："你看出来了，我摆的是各七个子，俗称'七星棋'。这残局因双方各有七子，故名'七星聚会'，又名'七星拱斗''七星同庆''七星曜彩'等。"

杨太方说："先生说的极是。"

潘和详说："只是你很了不得，敢先走。先走一方有易胜的假象，往往使人误以为先下手为强，从而落入圈套。"

杨太方只机械地点着头。

"这一著名残局长期在民间流行，并有多种变着，其着法之细堪为古局之冠，素有'残局之王'的称谓。我没想到这地方的学生中有人能熟练操之，了不得！"潘和详说。

杨太方就这么被潘和详挑入了别动队。杨太方感恩戴德，他做梦也想不到去送茶能得到这么个结果。那时，督导叫了几个学生都叫不动，只叫来杨太方。杨太方随叫随到，杨太方听学校的，杨太方听话顺从，杨太方还忍辱负重。

谁也没想到杨太方能有这种福报。

杨太方觉得眼前突然明亮了许多，十七岁正当年，一出校门就跨入这么个令很多人羡慕的部门，鲤鱼跳龙门啊。

第三章

一

你不能把自己当成庙

潘和详带杨太方去了街上，精挑细选，弄回了一堆荤素，回到那家馆子，径直就去了灶间。

"点上火，架了锅，你说来荤的还是素的？"潘和详对掌柜说。

掌柜的看了他一眼，说："你就是来试手也得日头有晾衣篙子那么高的时候来呀！"

潘和详说："看你说得？"

"我说错了？中午我伢崽家几个舅来串门，办一桌酒菜，你敢掌厨？"

潘和详没理那掌柜，他径直去了街上，回来时，买回

060

了大堆的鱼肉菜蔬。潘和详与杨太方整个上午一声不吭地埋头在灶间理着那堆东西，该洗的洗了，该切的切好，还有油盐酱醋什么的，调料一应备妥。听得那边门响了几回，也有几回寒暄，看着日头就在当顶地方了。

潘和详说："灶里生火！"

杨太方往灶里塞了些柴，又用吹火筒吹了几口，火旺旺地在灶膛里燃了起来。灶前烟气弥漫，然后就听得爆炒的声音一阵又一阵地响起。

很快，一桌荤素就都摆上了桌面，八大碗。

胖掌柜眨巴了好一会儿眼睛，看看潘和详，又看看那桌菜。他抄起筷子，先在那小炒肉碗里夹了一块放嘴里，又在别的碗里夹了几样菜尝了尝。

他又那么看了一眼潘和详，走过来拍了拍潘和详的肚子。

当地土话说，矮子矮，一肚子拐。什么意思呢？就是说矮人肚子里鬼主意多，也有暗指说肚里有货本事大。

那天大家喝得很开心，胖掌柜伢崽的那几个舅都夸潘和详厨艺好！

潘和详与杨太方就留了下来。那个店是城里数一数二的馆子，加上新来的厨子声名鹊起，那些日子，慕名而来的食客很多。

潘和详跟杨太方说："这跟走残局一样，你要从混浊中理出头绪，来馆子里的各色人等都有，要从他们的话里听'音'。没有人告诉你你需要的情报，除非你有线人。可现在我们没线人，没线人一切都得靠自己，只能从那些人的街谈巷议甚至醉后的话里找。"

杨太方点着头。

潘和详说："街谈巷议里不经心的几句话，可能就是重要的情报，递送给上峰，说不定就决定了整个局势。"

杨太方还是点着头。

杨太方当然明白潘和详的所作所为，点点滴滴的教诲都是为他这个学生的成长，为国家社稷之大业。

当下中国，各路势力封侯割据。江山破碎，民不聊生，百姓身处水深火热之中，苦不堪言。尤其赣南赣东北"赤匪"行乱，据说更是田野荒芜，尸横遍野。好男儿有志于国家社稷，也正是建功立业的好时机。俗话说，乱世出英雄。

那些日子杨太方无比亢奋，满脑壳塞了精忠报国、驰骋疆场的想象。他对潘和详充满了敬仰和感恩，佩服得五体投地。那个矮小的人竟然能在高手如云的蓝衣队里鹤立鸡群。

潘和详不仅是杨太方的伯乐，也是他的榜样。

杨太方就这么跟着潘和详来到这个叫安远的小县城。

杨太方第一次到这么偏远的小城，一切都让他感到新鲜。那眼睛都由不得自己了，他不住地扭动脖子，四下里张望。

"你看你刘姥姥进大观园，看什么都好奇。"潘和详对杨太方说。

"嗯。"杨太方眨巴着眼睛看了看潘和详，目光中有一行字：我错了吗？

潘和详笑了笑："这就对了嘛，就一没见过世面的初出茅庐的毛头小子，来到这么个地方，就是你这么个样子，懵懵懂懂。"

"哦！"

第三章

潘和详说："但做我们这行的这种时候到这种地方，内心不能懵懂，要眼观六路，耳听八方！"

"我记住先生的话了。"

"叫师傅！你得叫师傅，你是跟我学厨艺的学徒。"

"师傅！"杨太方喊了一声，觉得他又感情用事了。潘和详一直跟杨太方和手下说，做这一行的必须抑制自己的情绪，得冷，心要狠，不能有太多的温情，即便有，也要深藏了，不能溢于言表，不仅藏皮里肉里，更要藏在骨头里。杨太方这点上有些欠缺。潘和详很多次给杨太方指出来，"你不该心软，你不该同情，你不该……"

起先，杨太方叫潘和详"先生"，潘和详很自然地应着。那是在学校里，学校里师道尊严，天地君亲师嘛。学生叫得自然，老师应得自然。后来到了蓝衣队，听到队员都叫潘和详"大狼"——潘和详的代号是"天狼"，可大家叫潘和详时却叫"大狼"，无端地少了一横。

少一横就少一横吧，杨太方觉得大家叫他"大狼"名正言顺。后来才知道，不是那个"狼"，是儿郎的"郎"，原来是人家转着弯笑他才起的这个名。武松他哥不是叫武大郎吗？武松他哥是个矮子，一个侏儒，人叫潘和详"大郎"就是这么个意思。但潘和详却不在意，总是很自然地应，叫的人叫叫也就没觉得有什么了，叫的叫顺口了，听的听顺耳了，就没什么嘛。可杨太方还是叫潘和详"先生"，从不叫"大狼"，是诚心诚意、毕恭毕敬地那么称呼潘和详。

潘和详跟杨太方说："我们执行任务随时要变换身份、角色，你切记要根据'角色'称呼我！"

杨太方说："记住了！"

杨太方确实是记住了，但他总有意无意从嘴里溜出"先生"两字，他是由衷敬佩潘和详，在内心深处把潘和详当成父兄。他想，他得做到随"身"应变，就是潘和详说的随时变换身份、角色，随时改换称呼。不然，真像潘和详说的那样，会在这么个小事上彻底暴露。杨太方暗暗下了决心一定要改过来，万万不可这样。

可今天又犯了错。

"你不能把自己当成庙，肚里住着个菩萨！"潘和详多次跟杨太方这么说。

潘和详说的还是那四个字：心狠手辣。

潘和详说："做我们这行的，心要狠，手要辣，要残酷无情。忠孝仁义信、温良恭俭让要讲，但切不可轻易与外人讲，尤其对敌，不能丝毫心慈手软，稍有恻隐……"

二
杨太方第一次看见这种建筑

杨太方记得那些天的事。

那一天，又有官兵来馆子喝酒。

瘦长个的像个小官，领着七八个兵，进门骂骂咧咧了一通，也没骂谁，就是那么骂着。看上去他们有些郁闷，想骂骂宣泄一下。

瘦长个对杨太方挥挥手："烫两壶酒，跟你掌柜说，还是那几样菜！"

杨太方认识这几个人，他们一口广西话。杨太方对很多方言都懂一二，他能听懂对方说的是什么，但他装出没听懂的样子。他跟对方打了半天的手势，点了点头。

掌柜的阴着脸，他不乐意这些老总上门，他们喝多了爱闹事。他们一搅事，食客看有他们在，就不敢来这家馆子，生意就清淡。但掌柜的当然不敢怠慢这些老总。秀才碰到兵，有理说不清，连秀才都这样，一般人哪敢跟兵理论呢？

"说是三天拿下，都十天了……"他们喝酒，喝着喝着，又扯到那事。

"一幢屋子，就那么一幢屋子，一个团的兵力拿不下？人家才几杆枪？"有人说。

"就是！还死了那么些兄弟。"

那个瘦长个一直没说话，阴着脸，喝着闷酒。

杨太方知道，他们说的"屋子"其实不是一般的屋子。客家人建有一种特殊的围屋，赣南闽西一些地方都有，只是闽西叫土楼，赣南叫围屋。闽西土楼大多是用黏土夯就，多是圆形；赣南围屋多用石头和青砖砌成，是方形。

离安远城不远的镇岗，有一片由这种围屋组成的建筑群。那天，杨太方大饱了眼福，长了许多见识。

那座大围子里的陈家做喜事，是少爷娶亲。少爷在广州读书，娶的是广州西关富商家的小姐。那时这一带战事频繁，陈家紧闭了围屋门，鲜与外地来往，婚娶等喜事无法操办。婚事在广州办了一场，现在"剿匪"大军进驻，战事暂时偃旗息鼓了，得在男方族里补办一场。

这场酒席很特别，有女方家族来的客，得做粤菜。当地的厨子做不了。

只有请潘和详去做主厨。潘和详是所有的菜系都能做得让人无可挑剔。

杨太方随潘和详去了东生围。"呀呀"，杨太方在心里不断地"呀着"，但表面风平浪静。

杨太方第一次看见这种建筑，他惊叹不已，这么个崇山峻岭、偏远荒僻之地竟然有如此宏伟坚固的建筑。来此之前，在省城，潘和详和杨太方博览群书，做足了功课，对赣南围屋以及这一带的风俗民情、地理气候等方面都进行了了解。但那天，杨太方随了陈家的用人去楼上取东西，还是十分惊讶意外，或者说震撼。那幢建筑设计得如此精确、科学、合理，中国古人之智慧可见一斑。

斑驳的墙面，褪色的青砖……一切都让人觉得奥妙无穷。围屋仿佛是一座城堡、一个独立的王国，一个家族的世代沧桑浸润其间。杨太方觉得，那些砖缝瓦隙间，隐藏了历史太多的秘密。

尽管杨太方知道围屋的每一处的结构和功能，但他装作毫不知情。

赣南围屋的整体结构呈国字形，是古代集祠、家、堡于一体，具有鲜明防卫特征的坚固民居，具有完善的防御功能和宗族群居的亲和性。方围四周都是简单的围屋，一般都有两三层，也有多至四层者，为悬挑外廊结构。较大围子内部还建有祖厅，更大的则是多层的套围。围子外墙多是河石、麻石、青石、青砖构筑的坚固墙体，厚度甚至能达两米。这种易守难攻的围楼简直就是一座小小的城池。

围屋外墙四角构筑有朝外和往上凸出的多样的碉堡。为消灭死角，有的在碉堡上再抹角悬挑单体小碉堡，围屋顶层设置排排枪眼炮孔。门墙特别加厚，门框皆用巨石制成，厚实的门板还包钉着铁皮。板门后多设有闸门，闸门后设有重便门。门顶还设漏以防火攻。除少数大围外，围屋一般只设一孔围门。围屋顶屋多为战备用，并取墙内侧三分之二墙体做环形夹墙走廊贯通一气，如有交火，防守之人可以随时移动，围外东南西北都在射击的范围内。围屋内掘有水井，多辟有粮草贮藏间，有的还用蕨粉，或用糯米粉、红糖、蛋清拌和后粉刷墙壁，久困缺粮，可剥下充饥。

杨太方和那个陈家的用人在东生围里走着，每到一处，总是哎呀地叫着，有时还啧啧称赞。

那男人说："你看你这么叫，有什么大惊小怪的？"

"我是外地人，没见过嘛。"

"围屋是大，东生围建了几十年哟。"那男人说。

"世上也没几座这么大屋子吧？"

那男人似乎有些骄傲，尽管他只是陈家的一个用人，但毕竟这些年一直住在大屋子里。

他说："我带你上跑马廊上看看去！"

杨太方真就跟着那男人上了三楼，在碉楼那些枪眼里，可以极目四面八方。正是早禾成熟季节，田野里一片一片的黄，景色秀美。几座围屋都恰到好处地分布在那条河边，地方叫镇岗，河叫镇河。这几座大围屋都是陈姓家族的。据说，每座在建前，都请了风水先生看过测过，其中暗藏机巧。

后来，潘和详又专门带着杨太方上了东生围高处观察。

"看见没？"潘和详指着几座围屋对杨太方说，"几座围屋间距离、方位各个都很精确，这么个布局，与相邻诸县的围屋有所不同。"

"哦！"

"我仔细研究过了，看来陈家老祖宗不简单。镇岗的围屋比其他地方的围屋更精妙，最大的不同在于，不仅内部易守难攻，几座大围屋间还互为犄角，遇有匪盗攻击，可互相支援，共同构成了一个具有割据性质的围屋群。"

杨太方仔细观察了很久，觉得确实很精妙。那是高处，看得很远。相邻的几座围屋都大门洞开，只有一座大门紧闭。

有大兵在那边巡逻。

潘和详说："这一带居住了陈姓一族，这些围屋大多都是陈家子嗣所建。陈家是不是当年镇守此地的军人后裔无可考据，却很懂布阵设防。"

杨太方说："一定是个经验丰富、身经百战的人。"

关于安远，来之前，潘和详与杨太方做过研究。镇岗当然更是重点研究过。这地方为什么叫镇岗，流经此地的一条河为什么叫镇河，他们都追根溯源。镇最早为军事据点，古代在边境驻兵戍守称为镇。安远这个地名中有个远字，潘和详认为古代一定在这偏远地方有过驻军。有军队的地方匪祸少，乡人聚居，繁华热闹。乡人安居乐业，商贾往来频繁，就有匪盗虎视眈眈，蠢蠢欲动。

　　匪祸渐猖獗，这也是以防御为上的围屋出现的主要原因。

三
潘和详盯上了尊三围

　　来安远有些日子了，从食客嘴里多少摸到些情报，虽然零碎模糊，但潘和详不说老奸巨猾，也算得上足智多谋。那些只言片语、鸡零狗碎的东西经他那大脑梳理，事情就有了眉目。

几个矿山的钨，总得有个地方囤放，然后集中运出吧。走私进来的盐，也得从某个地方分发运到各个地方。既然街上没有这么个中转"货仓"，那一定在某个地方。囤货和转运，那些围屋再合适不过了。

潘和详盯上了尊三围。

有条石条路，绳一样扯往远处，另一端却茎分数枝，岔开了几条"细绳"曲折延伸到那些围屋。

有一条"细绳"牵至尊三围。

那天，潘和详带着杨太方从"茎"走到"枝"，专门细细地将那些通往各个围屋的"枝"，做了比较。

两人往尊三围方向走，几个士兵拦住说再走就危险了，尊三围上随时有人打冷枪。但潘和详跟杨太方说不入虎穴，焉得虎子？

潘和详给士兵说："你看你们长官要嫩芋头，只那片芋田里的好，我去那边弄些。"

"看见没？"潘和详指着通往尊三围的那条岔道说。

杨太方蹲下细细看了一回，他没说话，是在琢磨。一样的石头呀，有大石，也有卵石，石缝里长草，被人踩踏，比一般的草要矮要粗壮。

"你再细看，你要好好比较。"

"一样的路，看不出名堂。"杨太方说。

潘和详指着那道凹槽："你再认真看看。"

杨太方看了，又去另外几条岔道细看了一回，终于看出了些微妙地方。凹槽不是别的，是长久以来独轮车碾压出来的。虽说那些"枝"上都有凹槽，但通往尊三围的石头路上那道凹槽和通往其他围屋岔道上的凹槽有些不一样，尊三围的石头路上那道凹槽留有新痕，看上去要深一些。

也就是说，在被围困前的很长时间里，那里走过很多独轮车。除了肩扛人挑，独轮车是乡间最好的运输工具。

可潘和详一到安远，就四处打听，没听说尊三围独轮车进出有什么特别的呀。后来他想，"赤匪"真是狡猾，他们早就有戒备，看来，独轮车多是在夜深人静的时候进出尊三围的。

潘和详对军方很不满意，一个团的兵力，人家就是鸟枪火铳，居然扛了一个多月。

潘和详当然知道按这架势，尊三围根本扛不住，可人家为什么就能坚如磐石？

攻围的那些官兵又来馆子里喝酒，他们牢骚满腹。

杨太方听那些桂系的老总们啧啧说着攻尊三围的事。围屋构造之奇巧，功能之实用，易守难攻，那确是事实。但一座围屋再怎么样，这样一群正规军，围得水泄不通，有枪有炮，竟然久攻不下。

潘和详说："你看你看，有情况嘛！"

杨太方觉得潘和详的眼神和话语都暗含深意："什么？"

"都急嘛，一方急着攻，一方急着守，就不一般嘛。"

"哦！"

"看来我们研判得不错，围屋里有宝贝，尊三围是'赤匪'的物资转运站，还囤有货，或有钱财。桂系方面担心粤系来插手，蒋委员长不信任陈济棠，南路军弄出个粤桂联军……"

"难怪呢？"杨太方说，"他们攻得急！"

杨太方是目睹了那些官兵不一样的表情的，先前来喝酒的都喜笑颜开，说第二天要争着打前锋。可那个争着冲在前的士兵再也没出现过。他们说他死了，打前锋没抢先冲进围立头功、抢财宝，却一命呜呼见了阎王。攻了近半月，还是无济于事，尊三围稳如泰山。

那天在东生围办婚事，杨太方在东生围高处看了官兵攻围的激烈场面，又是无功而返。

这些天，借酒浇愁的官兵多。

"颜面扫地哟……"他们说。

"不说不说！喝酒！"

"不说出来酒喝了也不爽。"

"不爽才喝酒的嘛。"

"鬼！"

"交火了半个多月，死了那么多弟兄，一座屋子还拿不下。"

"越是难攻，越是坚守，越是那个……"

"什么？"

"围屋里有好东西。"

"看长官的了……"

"那是，攻不下，调飞机轰，炮弹无奈，用炸弹还不行？"

杨太方把那几个醉了的大兵送出馆子，回头跟潘和详
说："他们说派飞机哩。"

潘和详摇了摇头没说话。

"你说不会，杀鸡焉用牛刀？还是说没用，派飞机也
没用？"

潘和详还是沉默不语。

不几天，杨太方果然听到头顶飞机的轰鸣。他抬头望
了望，三架飞机成品字形往镇岗方向飞去。后来，就隐约
听到了连续的爆炸声，像滚雷。

可最后还是没能得逞。

"我明白你知道飞机也没用。"

潘和详依然不吭声，看上去有些阴郁。

"你看师傅你成哑人了？"

潘和详终于说话了，他说了五个字："任重道远呀！"

杨太方明白潘和详话里的意思，从攻一座普通围屋来
看，匪众被"赤化"之深，顽固之程度可想而知。要铲除
共党之毒，非一日之功，非一己之力，任重道远。

尊三围是内无粮草，外无援兵，据说"匪首"曾调重兵驰援，但因山高路远，鞭长莫及；也有说援兵中途迷路，贻误了战机。反正尊三围那天终于抵不住攻击，被轰破一角，围屋被大火焚烧。

四
他确实是条不小的鱼

潘和详说："得心狠手辣，绝不能稍存恻隐，做我们这行的，心里不能住着个菩萨，连菩萨的影子都绝不能有！"说的就是那天的事。

围破贼擒，近两个月重兵围攻，被押着走出的男女老少个个面黄肌瘦，蓬头垢面。

众官兵蜂拥入围，他们亢奋着，热血沸腾的样子。可翻遍角角落落，除了些许银洋，没有金银财宝！但搜到了盐巴，数百斤盐巴囤放在一间密室里。还有一间屋子里，存有钨砂。就这些盐和钨？这些人竟然拼命坚守，宁死不屈？绝不可能！绝不可能嘛。再找！几近掘地三尺，还是什么都没有!

除汪姓团长外,众官兵一脸的疑惑和失望。他们当然不知道这些"赤色"分子拼死守护的是些什么。那些钨和盐,在他们看来金银财宝不能与之相比,比他们的性命还重要。

汪姓团长大怒,说:"杀无赦!"

有人说:"那几个细伢呢?"

汪姓团长脸绷紧得像块铁,目露凶光,沉默不语。

潘和详与杨太方挤在围观的人群中。潘和详看到杨太方双手握成了拳,他拉过杨太方的手,掰开,手心果然都是汗。

杨太方那时看见士兵押着一群人从尊三围的大围屋里出来,人群中有几个伢崽妹子。有一个伢还笑着,脑壳大大的,眼小嘴大,一脸的憨态。他跳着笑着,根本不知道身边要发生什么。显然,那是个癫伢,是个智力发育不正常的男伢。那个伢乐呵呵地亢奋着。

杨太方说:"真要把那些毛伢一起杀了?"

潘和详说:"'七分政治',恩威并用,得威慑一方,使共党之野火不得复燃，野草永不再生。"

那边，几个官兵还在等他们长官的最后决断。

"统统正法，斩草除根！"汪姓团长说。

杨太方跟潘和详说："可他们是些孩子，不谙世事……"

潘和详只沉默地摇头。

要不是那个瘦长个凑近团长耳边说了句什么，那几个毛伢也小命不保。汪姓团长听完后才点了点头。

几天后，瘦长个又带了几个弟兄到馆子里喝酒。

有人给瘦长个敬酒，说："大哥，我那天看到你跟汪长官耳语了。你大恩大德，救人一命，胜造七级浮屠。"

瘦长个说："哈哈，也没说啥。我说，看那几个伢白胖细嫩的，到广东那边说不定能做人儿子……"

"噢噢！就这呀！我晓得了。能卖些钱，就是，能换回些钱……"

杨太方听了，心里颤了一下。

"那个憨伢呢？"杨太方过去，问道。

"什么？"

"就是那个有点傻乎乎的孩子……"

瘦长个说："你是说那傻子呀，傻子白送也没人要，换不来钱，不就是块废物，给那些赤匪当陪葬了。"

那只大手又在杨太方心上揪了一把，让他打了个瑟缩。那时天色昏暗，瘦长个几人喝得五迷三道，没人注意杨太方的表情。

潘和详当然不能像那些大老粗的大兵一样，他得从中捞出情报。既然这是"赤匪"的一个重要的中转站，可想而知，其中肯定有有价值的情报。

潘和详要从围里抓来的人那获得口供，他跟汪姓团长说："我来找找大鱼，我知道他们就在围子里。"

汪长官说："我不会留一条活口的！"

潘和详说："人死灯灭，口供也就没了。我审过后，都交给你，随便你怎么处置。"

潘和详让围里抓来的男人都站在场坪上，他逐一地检查那些男人，他看肩膀，看手掌，甚至还看脚掌……

汪长官很好奇，他也凑过去看着那些掌心，都五根指头，都巴掌间长有茧子。这地方男女，除金贵人家老爷姨太太、少爷小姐，谁手心没个老茧？汪长官实在看不出端倪，说："潘和详啊，你真能看出什么名堂？"

"人人手上都有茧的吧！"潘和详突然说。

汪长官点着头，他不明白潘和详怎么冒出来这么一句。

"握锄把的、握枪的和推独轮车的手上的茧都不一样……"

"哦？"

"脚上的茧也不一样。作田人多下田踩软泥，还常年泡水里。走山路的商贩和兵卒，茧子厚硬。"

就那么，潘和详把管威虎给拉了出来。

潘和详嘴角吊着诡异的笑："你交代了吧！你看，我一眼就看出你是个什么人物。"

他没想到对方嘴角也跳出一丝冷笑，那笑同样带着一丝诡异。

"没什么人物，都是反动派的死对头。既然落在你们手里，绝不会与敌为友，卖身求荣。"

"我知道你想说：生为人杰，死做鬼雄！"

"是的，我是想说这句话。"

"先生，那我就不多说了。"潘和详竟然放松了那张脸，淡定自然地说出这么句话。

汪长官说："你看你，你竟然称呼他先生。我看出来了，他确实是条不小的鱼。也许他知道财宝藏匿在什么地方。"

"他就是知道也绝不会说的！"

"你不大刑伺候？我看得上大刑！"

"没用，一点用都没，根本没有用。"

"什么?！"

"我说白费劲，没用，都是有主义的人。"

"他有主意，他们鬼主意多。"

潘和详笑了一下，说："不是你说的那个'主意'，是'主义'。"

汪长官笑笑，回了一句："噢?主义，主义不能当饭吃，人死了，什么主义都是空的。"他下令把管威虎几个押走，施以重刑。事实证明果然没用，他们从那几个男人嘴里没得到半个字。

五
他们有秘密通道

汪长官要下令把管威虎和尊三围抓来的那一百多男女通通杀了。

潘和详说："先别急，我再试试吧。"

管威虎几个执行队的人被押到了一个秘密地点。

已经有过审讯，其实是严刑拷打，但那几个嫌犯怎么都没吐出半个字。上峰有指令，让潘和详配合汪长官审讯重要嫌犯。

潘和详不得不现身了，他和杨太方担着食匣去了那个地方。

掌柜说："你们给长官送些酒菜去，他们要喝酒！"

潘和详说："好的好的！"

一切都是精心安排的。他们以此为掩护，到了团部。在祠堂的一间屋子里，审讯正在进行。汪姓团长亲自审讯，他想从这几个共党重要嫌犯嘴里掏出那些金银财宝的下落。在汪长官看来，那些金银财宝一定存在，不然，围子里的人不会冒死顽抗。

潘和详与杨太方进了审讯室，管威虎一脸的血污，皮开肉绽。

汪长官说："交给潘先生你了。"

潘和详叫人把管威虎身上的镣铐下了。管威虎摇摇头："就这么吧，我是你们的阶下囚。"潘和详叫人搬来两把椅子，他自己坐了下来，示意管威虎也坐下来。管威虎说："我站着挺好，有什么话你就说，我站着！"

"我知道你们开辟了一条秘密通道。"潘和详突然说。

管威虎说："不只是通道，是共产主义阳光大道。"

"你别跟我玩虚的。现在你落在我们手里，没有阳光大道了，只有黄泉死路。你就如实招供，换自己一条活路。"潘和详板着脸说。

那男人很淡定从容，笑着，笑容一点也不做作。

"既然你说是秘密通道，那就是我们的秘密，不会向外人说起。"

"可是你命都要没了，秘密和你的主义有何意义？"汪长官说。他确实是那么想的，也那么说了。

管威虎依然面露笑容。

"你们从我口中得不到半个字，既然是秘密通道，我说过，那就是秘密，是我心中的秘密。不管怎么样，我们永远不会告诉别人，你们永远不会知道。"他说。

　　潘和详内心像一块石头丢进平静的池塘，泛起波澜，但他脸上风平浪静。他听着汪姓团长和那个男人的对话。杨太方却很镇定，这难道是报纸和教程中说的"赤匪"？看那从容淡定、视死如归的气概，怎么能和匪呀、盗呀、杀人越货的宵小龌龊之徒联系得起来？杨太方提醒自己不该这么想，但脑壳里有只怪手，老把一些东西在他脑壳里翻来覆去地搅着。

　　"嗬嗬！"杨太方听到有人很响地"嗬嗬"了一声，是那个汪姓团长，他有些恼羞成怒。

　　"可惜你将带着你们的秘密进入另一个世界了。"汪长官说。

　　"我已经完成了我的使命。"那个戴着镣铐的男人说。

　　"你看不到你们的胜利了，更何况你们也不可能胜利！"汪长官说。

　　男人笑着，一直不说话。

汪长官下令对这个男人用刑。汪长官知道要想从那几个男人嘴里掏出什么，几乎不可能。动刑意义不大，丝毫没有作用，也不期望得到什么有价值的口供。但他就想让其受刑，让其不得好死，让其为他们的所谓共产主义理想受那份苦、遭一回罪。

最终的结果果然是，那几个男人，重刑之下守口如瓶，只能一死了之。汪长官与潘和详都没有得到任何有价值的口供。

但潘和详还是有所收获的，有一个事实他再清楚不过。关于赤区几百万军民每月所需十几万斤的盐从何而来，潘和详终于印证了自己先前的推测。

他们有秘密通道，不是一条，可能有好几条。这条秘密通道上货物出出进进，出的是钨，进来的是盐。

有人跟赤匪做秘密交易。尊三围的钨来自铁山垅和盘古山等矿山，采矿，然后经过洗砂，集中送到安远一带，从那条秘密通道运往粤境，再由平远等地，走陆路或水路安然无恙地运到汕头，再海运到香港和世界的某个什么地方。需要钨最多的是德国。德国人处心积虑进行战争准备，需要大量的钨，才能进行大规模军火生产。有人就跟德国人做钨生意，那钨只有红军的地盘上有，为了大把的金钱，那些地方割据势力就与红军暗里交易。他们从红军那弄钨，红军则用那些钨换来了盐。

但杨太方却生出了另一种情愫和纠结。那些日子，他像肚子里倒了百味瓶，什么滋味都有，但说不清是酸，是甜，是苦，是辣，是咸，是涩……他说不清，能说清就好了，能说清就不会这么愁苦了。

那些日子，杨太方突然觉得有些郁闷。那种郁闷让他觉得肠都打起了结。那种难受无以言表，心里不自在，却又说不出哪不自在。

他想，他是想家了，可细思，却不是。一场意外，让亲人都离他而去，自己孤身在外已经成了一种习惯。他想，自己只要做得更好，精忠报国，就是对家族和父母亲人的最好回报，他得倾心尽力去做。

他就是那么想的，他刻苦读书，埋头书本，然后被人赏识，终有了起步。

但没想到才起步，一步之遥，竟然踏入了重重雾霾之中，一片迷茫。

眼前的雾霾来自何时何地，又是因何而起？

杨太方想过，想了不少日子。想想，就是尊三围被攻破后，他内心深处的什么地方的一个重要"堡垒"就有了松动，先是拱动了块石头，然后觉得摇摇欲坠，分分钟可能就要崩了塌了。杨太方觉得不可理喻，在学校怀着那么大的抱负，慢慢在心中树立了理想信念，经过那么多的努力，夜以继日，在内心高大雄伟的那座"大山"，说倾覆就真的一夜间倒塌了？

他不相信，他得思考，以观后效。杨太方就是那么想的，他得多看看，多想想。记得潘和详与特训队的那些教官，常在他耳边说过几句话："做咱们这行的，就是一台机器。该看的看，不该看的不看，就是看了，也别多想。以服从为大，军人以服从为天职。"

杨太方一直弄不明白潘和详与教官们为什么跟他说这些话，现在他明白了一点点。

第四章

一

潘和详弄了张地图

馆子不远处，开了家客栈和染坊。先前安远有好几家客栈和染坊。红的白的交火后，逃跑的逃跑，没收的没收，没了生意，萧条了很长一段时间。

客栈和染坊先前是尊三围陈见智财主开的，后来红军攻占了尊三围，陈见智被打倒了。客栈和染坊离馆子不远，潘和详常去那串门，见陈氏家族里的人在那捣鼓，就说："这里要开门哟。这地方位置不错，风水看着也不错。"

陈家的族人心想，风水不错，怎么老爷的命没保住？明显是风水欠那个嘛。

"你们不开张盘给我，我想办法。"潘和详跟陈家的族人说。

陈家的族人想，这不是个蠢人吗？这种时候接手客栈和染坊，明显赔钱的生意嘛。你想要，那顺水推舟，给你好了。

很快，街上多了些外地客，来的那几个人真就让客栈和染坊重新开张。这样潘和详就有了些股份。潘和详说这地方生意好做，客栈和染坊果然生意很好。晾布篙子上，天天飘荡着五颜六色的布匹，红的蓝的灰的，当然黑色最多，黑经脏哟，农人上山下地，也就这颜色为大家喜欢。只妹子家喜欢红红绿绿。富贵人家才讲究，讲究花钱就多。花花绿绿颜色的布，比黑的贵上几倍，平常人家享受不起。客栈嘛，总是有人在那歇脚，也弄不清为何生意就真的好了起来。

那家馆子，成了染坊那几个外地师徒常去的地方。潘和详也有事没事往街对面的客栈和染坊跑。他说不是串门哩。他说，他也投了钱，入了股。还有，那几个是他从老家叫来的，是老乡哩。

人们觉得是那么回事，也都不多想。

其实那几个都是蓝衣队的人。

他们在找那条秘密通道。

客栈和染坊都是为掩护和执行"任务"方便所设。染坊也要进货，纱和布料都是禁运物资，他们得探路，他们也暗中与那些商铺掌柜"交往"，请那些商铺掌柜帮忙进货，打听有关进货的"点点滴滴"。

那些商铺掌柜都摇头，神色晦涩不明。但潘和详他们都是老练高手，尽管如此，仍然能从乱麻中拈出丝丝缕缕，在纷乱的信息中找出蛛丝马迹。

就有了些线索。

潘和详弄了张地图，在地图上画了根弯弯曲曲的线条。

几个人又到染坊里喝茶，其实是开会。常常几个人聚一堆，看着是喝茶，或者玩麻将、扑克，却是在议事。

潘和详把那张地图铺桌上。

"综合诸多情报分析，这条通道八成是这么个线路。"

潘和详的那根竹棍指着那条线中段的某个点。

"就这了，我看就这了！"

"什么？"

"此地必定有个补给点，兵站。"

有人说："这是鸟不拉屎的荒僻地方，不可能！"

潘和详说："眼见为实！"

这四个字从他嘴里抛出，手下就得跑断腿。他们知道，那条路在地图上只是条线，但在现实中却是崇山峻岭、激流险滩。

潘和详当然不会亲自去爬高走低、翻山越岭，他个小腿短，爬山过涧不是他的强项。再说潘和详大小是个头目，这种事不必亲力亲为。但他知道，得找个靠得住的人，一些手下对这类苦差事、没什么油水的任务，根本不上心，常常马虎了事、敷衍塞责。

潘和详跟杨太方说："杨太方哇，你跟我几个月了？"

"一年半了。"

"噢！我跟我师傅八个月就自己放单了。"

杨太方说："明天我掌勺，师傅你歇歇！"他故意这么说的，对方也洞悉他的意思。

"明天你带五灿和津万去这一带，找出这条路来。"

杨太方点着头，他想这不是个事。

第二天，杨太方就带着五灿和津万两个人上了路。五灿和津万一个在客栈做伙计，一个在染坊做徒弟，但年纪都比杨太方大四五岁。潘和详跟那两人说，一切听杨太方的。出发时，两人并没有觉得有什么，心想："我们哪是听杨太方的，我们听你潘和详的；其实也并不是听你潘和详的，我们听行营的；也不是听行营的，是听最高统帅的。"

但不管听谁的，到具体行动时，就得听一个人的。潘和详既然已经下了指令，现在，他们必须听杨太方的，县官不如现管。

他们按照潘和详在地图上标的线路，往大山深处走。

二
山外发生了许多事情

管威虎几个围破被擒，终遭敌毒手。

但千草和立五却意外活了下来。千草和立五是堂兄弟，千草叫立五堂哥。尊三围被包围的前一天，管威虎派立五去安远县城探摸情况，那时敌人刚攻陷安远。千草却是因为意外受了伤，没随队回尊三围。

那天千草和管威虎几个执行任务，上头规定货物到达时间必须在六月末。是个雨天，雨天还走夜路。千草也是爬山越岭，疲了乏了，上个坡崖，脚一软，没撑住，滑落到崖底。

一条腿断了。

那夜，几个人抬着千草，他们知道得赶紧救治。想想，也只有往季米和宽田的棚寮那去。

远远地，那里却有火光。管威虎几个吃了一惊，近前，看见季米和宽田在那迎候。

管威虎说："你们怎么知道我们会来？"

"阿旺告诉的哟。"季米说。

管威虎说："狗一有动静就叫。"

"人来兽来，熟人生人，阿旺叫声都不一样。"

"噢噢！"

宽田没听他们说话，他围在伤了的千草边上哭，哭得很伤心。

"你看你说狗叫的事？千草受伤了，你说狗叫？"

管威虎没再说什么，他只是一时好奇，季米说得对，千草伤得不轻，得赶紧救治。

千草被抬到了季米和宽田的棚寮。

管威虎忙碌起来，弄盐水清洗了伤口，用柴灰止了血。他说："先让千草睡一觉，明天得敷药上夹板。"

千草安静下来，后来渐渐睡着了。宽田觉得千草没事了，哭声止息了，也趴在他身边睡了。

天刚蒙蒙亮，管威虎把脑壳放进桶里浸了浸，抹了把脸，就去了林子里，回来时弄了些枝枝蔓蔓、茐茐叶叶。

他说："老庚，你过来。"

季米就过去了。

"呀！你还识药？识草药！"

管威虎说："我不仅识，还得教你识哟！"

季米说："哦哦！"

"千草摔成这样，可我们还要赶路。就算我们不赶路，这么个荒野地方也没法抬着千草走。"

"哦！"

"你好好认清这些草药。"

季米一样一样地认真看，直到熟记在心。

"我认清了，记下了！"季米说。

管威虎这才找来块石头，将那些草药放石头上捣成浆浆，准备敷在千草的伤口上。

千草一直没睁眼，不知道是睡了，还是忍着伤痛，不想让人替他担心。宽田却睡得很沉，一夜的折腾让他酣睡不醒，就是捣药声也没影响他。药捣好了，管威虎和几个男人将那些浆浆捏在了一起。宽田恰好醒了，他一跃而起，参与到众人之中。

季米说："宽田你吃点东西。"

宽田摇头。

"宽田你别乱动，我们来。"

宽田伸出的手真的缩了回去，他愣看着大家忙碌，口里一下一下倒吸着气，似乎那些浆浆抹在他的身上，让他疼痛难当。

直到那些绿色浆浆都敷在了千草的伤口上，管威虎才对季米说："你去弄截竹子。"

季米就弄了一截竹子来。宽田惶恐不安地看着管威虎忙碌着。季米当然知道管威虎弄毛竹干什么。管威虎那是要夹骨，千草的腿摔断了，得正骨，然后用夹板固定。毛竹是用来做夹板的。可这是个难做的手艺活，就是镇上一般的郎中，也未必能做得完好。

　　季米一脸的疑惑，说："哥，你真的懂？"

　　管威虎没说话，他叫季米把砍来的那截竹子锯成一尺长短的竹筒。然后，他又要季米将竹筒剖成四片，又好生削了那些凹凸边角，把四边的锋利处用刀削圆滑。

　　然后，管威虎脱下自己身上的褂，说："烧盆滚水，把这衣服丢滚水里。"

　　季米知道管威虎为什么用滚水过衣服，那是消毒。他说："你看你，你自己穿什么？"他从棚寮里翻出一件破旧衣衫。那锅水已经烧开，季米把旧衣服丢滚水里煮了一会儿，拿出来，抖了，在火上烤干。

　　管威虎将那破旧衣衫扯成一根根布条，他小心地用布条把每块竹片均匀地缠了一层。之后，他把四块缠了布条的竹片放在千草的断腿上，用布条小心地把竹片绑了。季米伸手过来要帮忙，管威虎摇了摇头。

"你扶着千草的脚就行，你别动！"管威虎说。

"哦！"

"这才是技术活，得绑得不紧不松。紧了，血流不畅，伤口要坏死；松了，起不到固定断骨的作用。"

"哦哦！"

"要确保断骨处不走移，这样，加上别漏了换药，会好起来的。"

季米看着管威虎从容地做完这一切，说："哥，你还有这一手，懂正骨接臼？"

管威虎说："小时跟隔壁郎中学过。"

其实管威虎没说实情，这是在特训班学的。他们这批保卫局执行队人员，都学过一些应对突发情况的技能。执行队执行特殊任务，保不准就会碰上什么意外，他们得自己应对，技多不压身。何况执行队多是在荒山野岭、人烟稀少的地方行动，除野外生存的能力，还得有自救的各种本事。

管威虎几个要赶路，他牵挂着那些货，得赶紧运去目的地。

"千草就交给你了。"他对季米说。

季米说："哥，你放心，我记下了，五天给千草换一次药。"

管威虎掏出一些银洋，递给季米，季米脸就拉下了，坚决不肯收。管威虎叫人拿出些粮食和盐巴，季米收下了。

"伤筋动骨一百天，千草要麻烦你了。"

"你看你是我哥，你说这话？再说千草也是宽田的兄弟，自己家里人哟。"

"那我们走了！"

"哥，你放心，你放一百个心！千草，我会完好地交给你。"

管威虎说："千草命好，幸亏有你们父子……"

"你看你？自家人不说两家话。"

管威虎带着几个人走了。季米看着睡着的千草和宽田，对阿旺说："都是命！你看宽田天天盼着千草来，来了，却是这么个样样，造孽哟！"

然后，季米去了林子里。林子里摆了很多蜂箱。蜂们

102

飞来飞去，嗡嗡声连成一片。季米挨近一个蜂箱，他在那割了些蜜，回了棚寮，把那些蜜做成了蜜茶。

季米还弄来些山珍，套了只野兔。他忙碌了一上午，回来看见宽田和千草说着话，谈笑风生。季米觉得很宽慰。

在千草养伤的日子里，山外发生了许多事情。

管威虎等人回了安远，他们在尊三围做了交接，休息了几天，正想继续他们的工作，运送一批钨去那边。

但桂系某师攻了进来，先是攻入安远县城，再就进逼镇岗，把尊三围团团围住了。

管威虎等几位执行队队员和镇岗乡苏赤卫队一起并肩作战，坚守尊三围四十余天，围破被擒，誓死不屈。围中一百余人统统被杀。

千草不知道这些，季米和宽田更不知道这一切。

那些日子，季米的心思全放在给千草治伤上。好在关于养蜂的事，宽田这么些日子来懂得了很多，按部就班，虽然有些机械，但做得很老练周到。夏天一到，养蜂人就忙起来了，蜂和人一样，怕热，就得找阴凉地方；还怕渴，又得找靠近水源处或者想办法让蜂们易取到水。

夏天，马蜂也更猖獗，它们欺负蜜蜂，是蜜蜂的天敌。几只马蜂就能杀死一群蜜蜂，得想办法救蜂群。最好的办法，就是把周边的马蜂的巢给毁了，不让它们在附近生存。

这些都是不容易做的事。宽田偏偏爱做，每每做得滴水不漏，漂亮干净。

千草伤了腿，就没法继续走路了，寸步难移。季米就把千草当宽田的哥哥待，把他当亲生儿子照顾着。

千草在那养伤，一切都很好。季米进山采药，完全按管威虎的吩咐，就采那几种药。他想，再笨，那些东西他还是记得的嘛。那些日子，五天一换药，从没中断过，千草的伤一天天好起来。再有十天半月，千草的伤就彻底痊愈了。他想，千草很快就能行走自如，就能走出大山，去和管威虎他们会合。

谁也想不到后面阴差阳错发生的那些事。

三
季米没想到深山野地里会有人

杨太方就带着五灿和津万，依了潘和详画的路线，揣了指南针，一丝不苟地行进，小心翼翼地探路。山里哪有路？越走越看不见路的痕迹。五灿和津万开始嘟哝起来。

"都说潘和详脑壳里装的跟别人的不一样。"五灿嘟哝着。

"那是！据说长官看上他就因了那脑壳。"津万说。

"就怕他脑壳……"

"什么？"

"胡思乱想啊！看山走死马，他要胡乱想出这条路线，还不跑死我们三个？"

"你看你这么说长官？"津万说话时还看了看杨太方。他觉得这话说过了，杨太方回去肯定会说给潘和详听，那样对五灿很不利。

杨太方没跟这两人搭话，他也不愿意听他们背后议论。他说："我去弄点水来。"

水在坡下，听得见泉水叮咚。杨太方过去，低头在那

105

喝了几口。耳听得鸟在鸣啾，不是一只两只，而是一群；不是一种，而是好多种。那些鸟叫声很好听。"空山鸟语"，杨太方现在才知道这四个字的精妙。杨太方往四下里望，却看不见一只鸟，只见近处远处，鸟鸣声里，有枝叶在乱颤，让人错觉那些枝和叶是种特殊的琴，有些特殊的手，在那拨弄着琴弦。

杨太方在那静听了会儿，然后俯身用壶装满水，站起要走，突然就眼睛一亮，不是看见鸟，也不是看见什么稀罕东西，而是看见不远处树上的一处痕迹。走近，看出是刀砍的凹痕。那是一棵钵碗粗的松树，谁来这地方给这么一棵树一刀？这就蹊跷了。有人在这给树一刀总得有个目的吧。取松脂？哪有到这荒野地方取松脂的？不是取松脂，那又有何目的？跟这棵树有仇，须来那么一刀？

杨太方仔细观察了周边，往远处走了过去，几百米远的一棵树上也同样有一处刀痕。他又循着走了一截，看见远处的一棵枫树上，也有处刀砍的凹痕。

杨太方明白了。有人在这做了标志。为什么做标志？要引路。那就是路标喽。杨太方惊叹潘和详真的很厉害，他分析得丝毫无误，神机妙算。

"赤匪"的这条秘密交通线确实存在，而且从这片大山里穿过。杨太方有些兴奋，他感觉潘和详与自己这近半年的努力没有白费。现在，云开雾散，一切都已成竹在胸，胜券在握。捣毁"赤匪"的交通线只是时间问题，胜利唾手可得。

季米又揭开千草的伤口，那里已经长出红嫩的新肉。

"再换一两次药，你就能下地了。"

宽田拍着手。

"这些日子辛苦季米叔了。"千草说。

"看你这伢说的。"

"威虎叔他们怎么还没来。"

"会来的，我看快了！"季米说。

他们想起管威虎和执行队的几个人，心里装着思念。但他们不知道十天前，尊三围被攻陷，管威虎和那几个执行队的男人都落入了魔爪。

季米和千草、宽田，还等着管威虎几人的到来，可他们不知道，管威虎几人永远也来不了了。

季米那会儿看了看天，虽然天上阴云厚重，但他知道没雨。

"我再去弄些草药，你们看好家啊。"季米一边说一边收拾着进山的工具。

阿旺叫了几声。

"阿旺你别跟我来了，你和宽田、千草在家好好待着，我去去就回。"

阿旺没跟季米走，它似乎能听懂季米的话，它得守着这两个朋友，一个伤了，一个头脑不那么灵活。阿旺忠于职守，它耳朵常常跳动着竖起，鼻子轻微翕动，几里外的动静，似乎都能从那嗅觉里探知一二。

那时候，季米已经在二十里以外的那片大山里，那里寂静无人。他背篓里已经装满了枝枝蔓蔓、苑苑叶叶，是管威虎教他识的那些草药。他想，该回了，但那会儿他鬼使神差地往高处看了一眼，看见了那株七叶一枝花。季米眼睛一亮，他知道那种草药，能消肿止痛，正适合千草疗伤。

他把背篓放下，开始攀那崖坡。攀登对季米来说当然不是个事，崖壁上有岩缝，也长有各种树，还有藤蔓。

　　季米得到那株七叶一枝花了。他一激动，脚底用力过猛，踩翻了那块大石，好在没事，他用手攀住了那棵树。那块大石顺着崖坡翻滚，一直滚落到涧底的溪流中，砸出一阵轰响，溅起一柱水花。

　　杨太方就是那时听到那阵响声的，那响声持续了数秒。杨太方侧了耳，听着那滚石的声音，这让他有些意外，有些好奇。那突发的响声太奇特了，他想探个究竟，就往那方向走。也是因为那响动，杨太方还突发了一种想象。为什么突然会有这种动静？他探身往崖下望，什么也看不到。杨太方有些激动得忘乎所以，他没想到那崖头的一棵矮树上有个马蜂巢，他一脚过去，就蹭了那蜂巢了。一阵嗡响突然爆出。有几只马蜂迎面而来，狠狠地在他脸上手上蜇了几下。疼痛难当，他一时顾不了许多，想躲避群蜂的追蜇。他知道，如果叫那些蜂群蜇了，命都难保。但他太急，没辨明方向，一脚就踏空了，然后整个人天旋地转地从崖上滚落下去。

　　季米听到一声惨叫，感觉有什么呼地一下从眼前掠过，

109

他吓了一跳，然后就看见那一团被崖上一棵松树的老枝给挂住了。季米眨巴了眼睛，他想，什么东西？还没看清，那团东西在悬枝上弹了几下，挂着的衣服被撕裂，那团东西又掉在坡上，滚了几滚，落在谷底。

季米一时惊了愣了，很快，他从崖坡上滑到那团东西旁边。

那是个人。他伸手在那后生口鼻间试探，还有口气。他喊了几声，又环顾四周，寂静无人。他抬头往坡岩顶上看，那群马蜂还在那盘旋飞舞。

季米没想到深山野林里会有人！这个人独自来这地方干什么？这个人竟然惹了马蜂巢，跟着那块石头坠下了崖。

"你是人是鬼？"季米对那人说。

那人昏迷了，季米当然得不到回答。

"你看你这人，把人家吓坏了。"季米嘀咕着。

季米仔细看了看那人的伤口，伤口不大，血也没流太多。

他依然嘀咕着，从自己衣襟处撕扯了根布条，把伤者的伤口包扎了。他看了看背篓，自言自语着："没办法了，我明天再来取吧，救人要紧。"

110

季米背起那伤了的后生，这当然有些艰难，但他还是硬挺着迈开步子，往棚寮方向走去。

四
潘和详意识到事情的严重性

五灿和津万吃完干粮，坐在那等杨太方取水来，可半天没见他的人影。他们也没当回事，觉得肯定是杨太方找水源不容易。两人说了会儿话，突然觉得有无数细小虫虫从脚底往身上缓缓爬，眼皮像铅块一样厚重起来。不是真的虫虫，是瞌睡漫上身了。他们互相拍打了一下对方的脸，想让自己和伙伴都清醒一下，可没用。他们太疲劳了。来之前两人都干了场麻将，两人手气都好，舍不得下牌桌。大清早的就上了路，一走走了近一天，早就觉得身上骨头都走软了。

后来，他们一歪身，睡了过去。

再后来，他们给痛醒了，真的觉得身上有虫虫咬着，是蚂蚁。那会儿，一群蚂蚁爬上两人的身体，在他们的身

追花的人

112

体上肆意噬咬着。五灿醒来，觉得身上四处都痛，哎哟哎哟地叫着，推醒津万，津万也感觉到了那种难耐的痛楚。他们迅速地把身上的蚂蚁拍掉了，向四周一看，山林已经完全笼罩在了黑夜之中。

五灿说："杨太方呢？"

津万也四下里看了看，其实那时一团漆黑，伸手见不到五指，看也是白看，就是面对面的五灿，也看不清他的面目。

他们生了堆火。五灿说："杨太方是迷路了，点了火，他看到火光就知道了。"

可周边一直没动静。

"谁知道？"津万说。

"他说他去找水，你看，找水就找得没影了？"

津万说："我真的渴了。"

五灿说："我也一样，喉咙里冒火哩。"

津万侧了耳听着："那边有流水声，就在不远的地方。"

"就是！是不远，我也听到了。"

夜已深，山里万籁俱静，不远处肯定有条溪流，或者说小瀑布。那水声很响，水流肯定从高处淌落，激荡在石头上才能发出那种声响。津万点了火把，说："我看看去，弄点水来。"

五灿说："我跟你一起去吧！"

两个人举着火把小心地往水响处挪步。他们找到那地方，喝了几口水。那地方离他们歇息的地方并不远，也就几十丈远吧。杨太方能上哪去了呢？这事有些怪，真的怪。

五灿和津万朝着空旷黑漆的山野喊着杨太方的名字，喧嚣的水声里就夹杂了断断续续的回声。

可一直没人应。

五灿和津万在那折腾到半夜，还是没见杨太方的影儿。

眼看就要天亮，津万和五灿慌神了，荒山野岭，草深林密的地方，一个大活人突然就不见了踪影。

"找找去！"五灿跟津万说。

"那当然，得找找！"津万说。

五灿说："我看希望不大。"

"也许吧？"

"你看你说也许？"

两个人认真地在周边找了好一会儿，精疲力竭，气喘吁吁。

五灿说："碰鬼了嘛！"

津万说："不碰鬼有这种事？好好的一个活人没了踪影？"

"回吧！"

"回！"

他们回了安远，急急地跟潘和详报告这个蹊跷事。

潘和详说："会有这事？"

"就是呀！他说去取点水，就几步路距离。"

"没什么异常？"

"没！"

潘和详什么都想到了，杨太方三人可能一路并不顺利，山里突发了各种情况：山洪，毒蛇，猛兽，遇匪，也可能与红军的队伍遭遇……但就是没想到人会失踪。

潘和详想，这事不只是蹊跷了，还有些严重，很严重。

他去找了馆子店掌柜，跟掌柜说："不是家里有急事，潘

115

和详哪会跟大哥开口嘛。"

掌柜说："你都已经开口了，你就说吧！"

"好哟，我说我说！我家老人做七十大寿，我虽矮小，却是潘家老大。"

"长子呀！你是说你要回？"

"是呀！"

"你当然该回，孝为先，孝为大，就是铺子里耽误几天，也不是个事呀！你是个孝子，不回不是人嘛。"

潘和详当然不是家里老娘七十大寿，他得离开安远一些日子。

杨太方和五灿、津万去找那条"路"，但路没找着，人却丢了。

这事非同小可。

潘和详意识到事情的严重性，他虽腿短身子矮，却必须自己出山。再难再苦，一切须亲力亲为。他隐约觉得，杨太方的莫名失踪，看去是件坏事、倒霉事，但说不准是桩好事。他隐隐觉得杨太方是发现了些什么，或者直接被人掳走，肯定不是一般的土匪，一般的土匪不会在那片深山里。只一种可能，那就是自己从纷乱杂陈的零碎情报中研判的那个结论和那张赤匪的秘密通道图，很靠谱，非常靠谱，八九不离十。

"生要见人，死要见尸！"他跟五灿和津万说。

手下给他找了顶轿子，潘和详摇着头："一个矮子厨子坐轿？"

但进了山，到了僻静无人地方，潘和详还是让五灿和津万用藤蔓和竹子扎了个滑竿。五灿和津万抬着潘和详走着。待到爬坡下崖，滑竿用不了，五灿和津万心就揪起来了。哪晓得潘和详却显出矫健。潘和详被选入蓝衣队后，曾被遣往庐山特训营待过几个月，其实跋山涉水、野外生存什么的，他是经过严格训练的。

第五章

一

事情突如其来

千草早醒了，听见阿旺那么叫，知道是季米回了。季米和宽田回，阿旺也会叫，但叫声不一样。阿旺那么一叫，千草那颗心才放下。宽田也说："我爷哩，我爷回了，你看……他没事嘛。他能有什么事？"

千草知道，宽田比他更焦虑，阿旺没叫时，宽田隔一小会儿就伸长脖子往山谷方向望。

季米一大早出去，以往日头稍偏西就一定会回的。可今天，日头去了山那边，又渐渐西下，还没见季米回。夜像黑墨把林子浸了，还是没见季米回。宽田不往那边看了，天黑了，看也白看。

他拈了几根柴，生了一堆火。

就那会儿，阿旺叫了。

火光中季米现了身，但背上不是那个背篓，而是个人。

季米把受伤的人背到棚寮，小心地把背上的人放在宽田的那张床上。宽田和千草都看着那个谜一样的人，这算是不速之客。千草想帮季米一下，但没能站起来。千草坐在那，事情突如其来，他充满疑惑。

宽田在他爷季米身边瞪大一双眼，一脸疑惑地问这问那。

爷背回个陌生人，又是个伤腿的人？哪来的？做什么的？叫什么名字呢？又是因为什么伤了腿？……宽田心里有那么多的问号。那些问号像雨后的蚯蚓，在泥浆混浊中胡乱地爬，搅得宽田心痒痒。

季米说："你看你老问，宽田你弄两盏灯！"

宽田就点了两根松明。松明火旺，季米和宽田管它叫灯。季米把那两根燃烧着的松明插在高处，棚寮里亮如白昼。

"宽田，你去弄点水来。"季米说。

宽田不问了，很快端来一盆水。

"布巾，扯那布巾来！"

宽田又拿来布巾。

千草看着那人，火光跳着，看不清那张脸。

"叔，这是谁？"

季米说："不知道，好好的从我头顶的崖上掉下来……"

"哦？"

"跟你一样，腿骨断了，伤得不轻……"

千草说："叔，你翻一下他的衣兜。"

"你看人家昏死着，你叫我翻人衣兜？"

"又不拿他东西，只是看看能否知道他的来路身份。"

"噢！"季米真就翻了杨太方的衣兜，找出一张纸，那上面画的图他看不懂。还有两块怀表，季米在谭清旭老爷那看过这东西，他常常在街镇上时不时掏出来，说到时间了到时间了，该怎么怎么了。人家告诉季米那叫怀表，是洋东西，看时间的。东西很珍贵，只有有钱人家才买得起，一块怀表顶几亩田哟。

可这后生竟然有两块。看去，他也不像个有钱人呀。

"他有两块怀表。"季米说。

"叔，放回去吧，你把东西给人家放回去。"

"我知道这是宝贝东西，谭清旭老爷那有一块，我看到过的。"季米说。

"可救人嘛……我哪会？我……"季米有些为难。

"叔，你扶着我，我来！"千草说。

季米真就扶着千草下床，找了把椅子让千草坐了。千草那么坐着，给杨太方正骨，他做得有些艰难，额上脸上的汗像挂着的珠串一样掉，身上衣服都湿透了。

他终于把那事做完了，一只手抹着额头的汗，一边说："好了，你去弄夹板！"

季米就又砍了截竹子，这事他做过，很快削出四块竹片，把边角修平了，找了件旧衫，扯成条条，放锅里滚水煮了，烤干，缠在那四块竹片上。

千草给杨太方敷上药，把那条断腿也绑了夹板。

"没想到你跟我管老哥一样，也能正骨？"

千草抹着汗，说："扶我回床。"

季米和宽田扶着千草回床。

一切弄好，季米举着火把照了照那伤腿人的脸，杨太方还没醒过来，脸已完全是另一种样子，面目全非。

"得给他敷些药，不然明天要肿成水桶。"

季米又打着火把在棚寮周边低着头细寻了一遭，弄回一把根根叶叶。那有些艰难，毕竟黑灯瞎火，就是有火把，在林子里采药也是个难事。

"捣药！捣药！"季米对宽田说，"你把那药捣了！"季米说着，把根根叶叶放在那块大石头上。

宽田就坐在那块大石头上，就着松明的亮光，朝另一块大石头上的一团绿东西下力气地捣着。他做这事已经很老练，他为千草捣过好几回药了。他很乐意做这件事情，他觉得有点神奇，怎么这些绿色浆浆糊在伤口上，就能治好伤？

千草当然知道那是些什么，就是附近长的普通的草，到处可见。他们集训时，关于应对突发的蜂蜇，教官传授了相关的知识。到处都长有那种草，很普通，蒲公英、马齿苋、半边莲、七叶一枝花、紫花地丁……

季米采来的一定就是这些。

宽田把那团绿色捣成了浆浆。

"你屙尿。"季米对宽田说。

宽田愣了一下。

季米很严肃，接着说："你听爷的，你往那烂糊上屙点尿！"

宽田真就朝那浆浆上尿着，听到他爷说好了，他就停下来。

后来，千草和宽田看着季米把那团绿绿的烂糊敷在杨太方的头上脸上。

千草笑着，说："你看你，季米叔，你糊人家一脸的尿。"

季米说："这是家传秘方，管用。不用这药，说不定这人命都难保。"

二
杨太方一直"呜呜"了

有什么水一样灌进杨太方的耳朵，是鸟叫声。鸟叫声水一样进了杨太方的耳朵，他醒了过来。

他想动，全身上下针戳一样疼，尤其是那条腿，他根本挪不动。他睁不开自己的眼，想使劲睁开，却徒劳无功，觉得他的眼皮被什么粘住了。

他想喊个什么，可嘴也不像是自己的了。他张不开嘴，也不知道自己的嘴肿胀得走了形，两唇被什么紧紧粘住了。他说不出话，只"呜呜"的，谁也不知道他说些什么。

杨太方不知道自己的脸上敷有东西，那团绿绿的烂糊现在已经成了黑色。看去，杨太方像个怪物。

宽田亢奋了，他跑去那边，对他爷季米喊："动了动了！"

季米知道儿子说的是什么，赶了过来。

"哈！他醒了！"

千草说："看样子死不了！"

124

“你看你咋这么说？”

“就是脸肿得不成人，像个鬼。”千草说。

季米不明白千草为什么这么说话，千草对人不刻薄的，但为什么这次语气里带东西？带着刺，带了尖东西。季米听得出来。宽田当然听不出，他正亢奋呢，手脚一时不知道该放在什么地方，手舞足蹈，他一兴奋就这样。

“你该吃点东西。”季米对杨太方说。

“呜呜……”杨太方一个字都挤不出来。

“有一天没吃东西了，你一定饿了。”

“呜呜……”

“我熬了粥哩，你喝点。”

“呜呜……”

杨太方当然无法自己喝粥，是季米喂的。喂粥有些艰难，幸亏有宽田帮忙，他很乐意做这事。宽田用手掰开杨太方的两唇，然后季米小心地往那缝里舀进一勺粥，进一半，出一半。

杨太方一直“呜呜”着，他看上去很痛苦。

到底是家传秘方。在药物的作用下，杨太方那张脸很快就消了肿。宽田帮杨太方用布巾擦净了脸，大家才看清他的真面目。杨太方也看清了别人，他的眼睛能睁开了。

杨太方环顾了一下四周，看见那边的板床上也躺了个人，腿上上着夹板。

杨太方觉得自己在梦里。

杨太方张了几下嘴，觉得嘴巴又是他自己的了，他说："哎，你是谁？"

"我也想问你哩。"

"我怎么会在这地方？"

"季米救了你，他背你回来的。"

"哦哦！"杨太方似乎想起什么，脸上挤出个笑来，"我们几个贩点货……乱世嘛，出英雄，出黄金。"

千草也笑了一下，那笑有些意味。

"我叫金千草。"

"哦，你说的季米在哪儿？"

一张脸突然出现在杨太方眼前，那脸上堆满憨憨的有些怪异的笑。突如其来的一张脸，把杨太方吓了一跳。

"哎！你能看见东西了哟！你也能说话了哟！……"

他看见有个伢拍着手那么喊着。

杨太方又吓了一跳，面前这个伢，分明是尊三围前那个癫伢嘛。他想说点什么，话到嘴边又咽了回去，不可能的，那癫伢怎么可能会出现在这深山老林里呢？后来他想，这种孩童看上去样子差不多，可能自己把彼伢当此伢了。

杨太方听到一声狗叫，一个男人走了过来。

"你醒了哇，醒了就好，你饿不？"季米说。

"你是季米？是你救了我？"

"你突然从天而降，从我头顶滚下崖坡，我不救你，天王老子还以为是我把你推下崖的。"

"没人推我，我跟几个伙计一起贩货，从那过，口渴了，我说去弄点水，鬼使神差就到了那地方，一脚踩到马蜂巢上，一慌神，就踏空跌了下去。"

"你看你？你那些伙伴呢？"

"他们找不着我了……"

"找不着就不找了？"

"也许在山里找哩。这么大片山，深山老林，大海捞针啊！"

"你能走多远？我今天去那地方看看去，也许能见着他们……"季米说。

千草不知道为什么有点急，他说："哎哎！叔，确是大海捞针哩，你去也白去。"

"我得去看看。"季米很固执，他想，如果能找到杨太方的伙伴，那总比现在好些。

"再说你就是找着他们，这后生腿这样了，一时半刻也走不了。"千草说。

"我去去就回。"

季米还是想去那个地方，他觉得那伢和千草也真可怜，才多大嘛，就走南闯北，风餐露宿，吃那么多苦，却在这荒僻野地摔断了腿。离群的雁，总是让人可怜，能找着他的伴，最好。

"你看，季米叔，宽田就没人照看了……"千草又扯起宽田，他总想找出理由让季米放弃这一行动，但没什么好理由，不得不扯出宽田。

"你看你？宽田好好的,我在不在他不都好好的吗？"
宽田确实好好的。

128

这些天，宽田跟着他爷季米东奔西跑地忙。要照顾那些蜂，还得弄药，照顾两个伤腿的人。夏天蜜蜂事多，干旱缺水，得替蜂操心水的事，也得赶马蜂等蜜蜂天敌。照顾蜜蜂还真不算个什么，照顾这两个伤病员却是个麻烦事。先是多了两张嘴，当然做吃食事小，主要是做好了吃的，得给两人喂。他们腿痛，坐不起来。虽说现在千草勉强能吃喝自理，但洗澡呢，翻身呢，都是费力气事。杨太方人高马大，要给他翻个身，季米和宽田累得气喘，大汗淋漓。

宽田虽累，却一脸的笑，乐呵呵的。他觉得外人的到来，给他带来了很多乐趣。和爷在大山里养蜂，别的没什么，就是有时很孤独，很寂寞。没人说话，宽田只能跟他爷季米说话，人家是做爷的，说起话来总是不那么让人爱听。宽田虽是个痴伢，但也有一肚子话想跟人说。没人说，宽田常常跟阿旺说，跟草说，跟树说，跟花说，也跟石头什么的说。后来，千草他们常常从这过，能待个一天两天，宽田觉得有人说话有人玩，格外开心，像过年。再后来，千草受伤了，留了下来，宽田觉得千草在身边，很惬意，很幸福。可爷天天对他说："你让你哥千草吃好睡好，养好伤早点回去。"其实，宽田内心深处一点也不希望千草走。一想到千草走了，这里又只剩下自己和爷，宽田心里就有虫虫在咬。

宽田常常想，最好千草能待在这和他一起养蜂。

"哥，这里不好吗？这里有什么不好？"宽田对千草说。

"很好啊！我又没说不好，我说了？"千草说。

"你看，蜂又飞来了，它们绕着你飞……"

"棚寮里有气味，蜂就会飞来。"

宽田想说"蜂们喜欢你哩"，可他没说，他知道千草伤好了就会走，一刻也不会在这待。每次想到这些，宽田就有些伤感，他会长久地坐在不远处的大树墩上不动弹，也不出声。

没想到又来了个伤腿的，又得有些日子待在这里了。

宽田觉得心里不空落了，他很亢奋，又多了个朋友。他话多，十二岁的后生了，脑壳里才装了六岁伢脑壳里有的东西。他把事情想得很简单，一切对他来说都很简单。人一简单，有时话就多，就是人常说的——说话不过脑子。

为什么说话要过脑子呢？宽田才不会想太多，他也想不了太多，所以有什么张口就说了出来。尽管他那些话有许多很可笑，但季米和千草从来都很认真地听，也很认真地回答。所以宽田从没觉得有什么。

宽田只要一高兴，身上就有股劲总让他难得安分，他得找些什么事做，不然很难受。宽田又东奔西跑地忙起来，他觉得忙得快乐。

三
你千万不要轻举妄动

棚寮里只有千草和杨太方两个人了。

宽田先前还在棚寮里待着，他爷去了杨太方受伤的那地方，宽田就觉得自己是家里的主人，要照顾好两个躺着的男人。他很亢奋，在棚寮外手脚一刻也不停地忙这忙那。

棚寮里响起了细微的嗡嗡声，几只蜂在棚寮里绕着飞，但引人注目的却是一只蝴蝶。这只蝴蝶有半只巴掌那么大，黑色，黑里带黄色斑点。两人视线都被这只飘飞着的

131

蝴蝶拴住，蝴蝶不是沿着直线飞，也不是顺着曲线飞，而是上上下下飞，像片黑绸在空中抖着飘荡。

蝴蝶飞了一圈，大概觉得这棚寮里也没有什么，就扇动着翅膀飞出门外。蜜蜂的嗡嗡声还在。

千草和杨太方不看别处了，他们的视线移着移着就碰到了一起。

千草和杨太方躺在那对视了好一会儿，还是杨太方先开了口。

"你干吗那么看我？"杨太方说。

"你不是也那么看我的吗？你不看我怎么知道我在看你？"千草说。

"怪怪的。"杨太方说。

"我倒没觉得你有什么怪的。"

"哦！"杨太方停了一下，接着说，"你和他们不是一家人吧？"

"宽田叫我哥。"

"我看不像……"

"可他叫我哥，我是他哥！"

"这地方叫什么？"

"米田！"千草信口说的，这里当然没地名，但他灵机一动，用季米和宽田两个人名的后一字，胡诌出个地名来。

"噢，叫米田！"杨太方似乎真就信了，他躺在棚寮里，看不到外面的天地。

"你呢？"千草说。

"什么？"

"我说你叫什么名字？"千草说。

"我叫杨太方。"

"我叫金千草。"

"呵呵……"

"你看你笑，你笑我？"千草说。

"我没笑你，我觉得你这名字好笑嘛。"

"我生出来时我爷说我命贱，说跟草一样贱，就取名千草，这有什么？我看你像读书人，你是不？"

杨太方又笑了一下。

"我看着你像。"千草说。

"我跟人学徒，在馆子里做下手。"杨太方说，"世道乱，馆子生意不好，师傅跟人去跑货，说从山那边倒货到山这边能发大财，就带了我走山过涧，可银洋还没见个影，却倒霉摊上这事，让马蜂蜇了，摔断了腿……你该不是也和我一样，想发财却不走运？”

千草也呵呵笑了几声。

“你看你，你也这么笑，你笑什么？”

“你不是也这么笑？”

“你学我笑？”杨太方说。

“你看你说的，我干吗学你笑，我是想笑嘛。”千草说。

“你没说实话！”杨太方说。

“你也一样，你没跟我说实话！”

“呵呵……”

“呵呵呵……”

他们就那样对视着，笑着，都笑得意味深长。那时候，彼此都对对方身份心知肚明。

“很快，季米叔就要回来了，他能找着我那些伙伴，或者说我的伙伴能找着他。”

“也许。”

"你说也许？"杨太方有些意外，他再往千草脸上瞅。那张脸淡定自如，风平浪静。他想，这人来路肯定不一般，不是"赤匪"里的人，便是走私贩货的，在这么个地方出入，能是什么角色？

棚寮里就他们两个，那只蝴蝶早没了踪影。宽田在外忙碌，全神贯注，心无旁骛。那条叫阿旺的黑狗，老是趴在棚寮的短梯下。它忠于职守，知道那是重要的地方，人出出进进都是从那地方。

"算了吧！你直说了喽！"千草说。

"什么？"杨太方说。

"你到底是干什么的？为了什么来这种荒僻无人的地方？"

"和你一样，现在要想发大财都得走荒僻无人的地方，难道不是？"

千草笑了一下。

"你看你笑？"

"季米说你衣兜里有两块怀表……"千草说。

杨太方颤动了一下身体，那床"吱呀"了一声。

"季米不知道，可我知道。"

"看来你也不是一般走私贩货的角儿。"杨太方说。

"我知道我瞒不了你，迟早你会知道的。"千草说。

"我以为我能瞒了你，没想到一下子就让你识破了。"杨太方说。

千草说："一般人谁会带指南针？显然……"

"哦！"

"是来找路的吧？你们的人一直在寻找这条通道是不？"

"我没看错，你年纪轻轻，就这么老练精明。"杨太方说。

"平常人谁带指南针，一般人连那是什么都不知道。"

"这地方是你们的联络补给点？"

"我跟你说，季米和宽田什么都不知道，他们父子在这养蜂，他们……"

"你精明，我又不是傻瓜。"杨太方说。

"季米要是……怎么可能救你？"

杨太方想想，千草说得也有道理，但他还是得警惕，

136

也许这里面有阴谋呢！这么个棚寮，这么个地方，搁谁都认为绝对不是个单纯的养蜂的场所，这里看上去就是个联络补给点。

"我不相信你的话。"杨太方说。

千草动了一下身子，冷着张脸说："你要敢动季米和宽田父子一根毫毛，我跟你没完。"

杨太方说："这也由不得我。我们的人迟早会找到这地方，他们到时会怎么样，我不好说，我也拦不住！"

后来，杨太方看见那后生坐了起来，悄悄地在那竹床架的空筒里掏着什么，是团布包裹着的一样东西。千草摸出那个东西，然后，小心地弄着，但还是刻意露出一截。

杨太方看清楚了，那是枚手榴弹。

杨太方心上抽了一下，原来人家是有备而来。显然，一旦有什么事，这个青皮后生会拉响那枚手榴弹和人同归于尽。

"他故意那么弄的，他是弄给我看的。"杨太方想。

现在，杨太方明白无误地知道对方是什么人了。这个人就是潘和详一直寻找的"赤匪"的神秘组织的一员。秘密交通线并不重要，走在这条交通线上的人十分重要。现在，依杨太方的判断，自己旁边坐着的这个后生，就是他们中的一员。他想，要是五灿和津万被那个男人找到并带到这地方来，身边不远处的这个后生真会拉响那枚手榴弹和自己同归于尽的。

他肯定会毫不犹豫地拉响手榴弹的。

现在杨太方知道对方淡定的缘由了。

阿旺叫了一声，从棚寮一角蹿出老远。

"季米叔回了。"千草说，语气平静。

"噢！"杨太方想坐起来，但没成功。杨太方从嘴里跳出一句："你千万不要轻举妄动，一切好说。"

从那边传来脚步声，两个人的心紧绷了起来，眼睛一动不动地注视着那个方向。他们感觉那些蜂鸣变成了隆响，空气似乎也被什么撕裂。

很快，那蓬浓绿中，季米和宽田还有阿旺出现了。

没别的人。回来的只是季米一个人，说明杨太方的伙伴没找着。

一切就又归于从前，那些蜂嗡嗡着，小风平缓安静地穿过棚寮。千草的那只手也抽了回来，杨太方从眼角的余光中看到他把手榴弹又塞回了竹床架的空筒里。

季米把背上的背篓放了下来，背篓里装满他采来的野菜。山里有很多野菜，其实都是好东西。

季米走进棚寮："没人，鬼影都没一个。"

千草说："叔，我说了大海捞针，你看你偏要累一场。"

杨太方没吭声，他眉头跳了一下。

"你落崖的地方的周边，我都找了，没人，一个人影也没有。"季米跟杨太方说。

千草说："那都是些什么人嘛，伙伴不见了，也不上心找。"

季米说："我在那地方看到一堆柴灰，是有人在那宿过夜。"

千草呵呵笑了一下。

季米觉得千草的笑声有些怪，说："你看你笑？"

千草说："都是些什么人嘛，自己兄弟不见了，也不找？见死不救。"

"没有的事，他们迟早会来找我救我。"杨太方说。

千草又笑了一下："鬼！都是些狼狈为奸之徒，有利可图时沆瀣一气、同流合污，大难临头各自飞，一走了之，远走高飞。"

　　"他们迟早会来！"杨太方说。

　　季米听出千草对杨太方不大友好。季米想了想，想不出理由，千草是很和蔼的一个后生，这些日子和自己还有宽田相处得不错，杨太方和他无冤无仇的，怎么对人这样？他想，千草是纠结吃食哩，多一张口，吃食就紧张了。

　　"都是爷娘的心头肉，都是年纪轻轻的后生。"季米说。

　　"我又没说什么……"千草说。

　　"吃食总会有办法，靠山吃山，夏秋时节，山里东西多，糊口不难。到冬天，你们都活蹦乱跳的了，我想留也留不住。"季米说。

　　宽田在石灶那点起了火，挥着手朝这边嚷嚷："哎，爷——爷——"

　　季米说："你看，宽田知道你们饿了哩，他喊我去给你们弄吃食。"

千草要起身。季米说："你躺着哟，你也帮不上什么忙。"

千草没理会，他架了那副拐有些艰难地站起来。季米无奈，只好搀扶着千草走下棚寮的短梯。

千草坐在那大树墩上了，他在那挑拣着那堆野菜。他一直感觉到肩背处有种异样，那是杨太方的目光。杨太方看着千草走下棚寮坐在那。

那是个狠家伙，心狠手辣。杨太方想。

他听到那后生对那憨伢说："宽田，你把火灭了！"

宽田说："煮米哩……做饭……"

千草说："你弄熄了！"

那憨伢没听千草的话，继续往火里加柴。

千草对季米说："叔，你叫宽田把那火熄了。"

"你看你？"季米看着千草。

"改用炭，烧柴烟大熏得我眼睛痛……"千草揉着眼，很难受的样子。

季米有些奇怪，这些日子一直烧柴的呀，怎么没见千草说眼睛痛？但在这荒僻地方，也确实难说，除蚊子、蜂和蜈蚣什么的，还有许多不知名的毒虫，或许有什么伤了千草的眼睛。

"宽田伢，你把明火熄了，烟大，熏得你哥哥眼睛痛。"季米对儿子说。

宽田这才把那柴撤了，火小下去。季米从山拐角处搬来一些炭，那里掘了处烧炭的窑，冬里天寒，得取暖。还有，大雪封山，柴草也难得弄，煮水烧饭得有旺火，得烧些炭备着。炭是好东西。山里别的没有，烧炭的柴到处都是。

只有杨太方知道千草搞的名堂，他更加认定千草的身份，是个不平常的角儿。哪是烟熏眼睛，他鬼哩，是山里有烟从远地方能看见，是担心有人看见烟寻迹而来。

鬼！杨太方想，这不只是个狠角色，也是个精明狡猾的难以对付的家伙。

杨太方把视线从千草的背影上移开，他看了看四周，风轻叶静，一片平和，鸟儿叫着，泉水叮咚。蜂的嗡鸣杂糅在鸟叫泉响的声音里，让人心旷神怡。

但杨太方内心却有一只大手揪捏着他，让他感到恐惧。

那边吃食已经做好，宽田嘿嘿地笑着端了进来，是碗野菜粥。腰部剧烈的疼痛使杨太方无法坐起来，他只能斜躺着，手也不能利索地端碗。

"你别动，你让宽田喂哟。"

宽田似乎很乐意做这件事情，他给杨太方喂饭。

"你吃你吃！"宽田用木勺舀了粥送到杨太方的嘴边，杨太方突然觉得有点难为情。他听到季米说："你吃呀，千草当初不也是这样子？都是宽田伢给他喂的食。"

这顿饭，吃得有点艰难。

"你先吃点粥垫肚子，伤了的人要补一补，明天我和宽田去给你弄好东西。"季米说。

四
日落的时候千草就把决心下了

季米把千草扶回床上，那时已是黄昏时候，斜阳看不到了，余晖尚有，扯在峡谷的高天，被树梢的枝和叶弄出斑驳。蜂们早就归了巢，那种嗡嗡的鸣唱也消失了。鸟儿

143

们正忙着归巢，但白天的飞翔带来的亢奋仍难止休，就在树梢那跳哇叫哇，嬉闹追逐。

季米和宽田还在棚寮外忙碌。

千草和杨太方又那么对视着，其实是目光在交锋。

"你在这躺了多少日子？"

"伤筋动骨一百天，已经有一个多月了。"

"你们的人没来看过你？"杨太方问。杨太方想，潘和详说过，那些人肯定是在尊三围里，那是他们的转运站。如果近一个月没人出现在这条交通线上，那肯定出了什么意外。他们的人很可能就是潘和详从掌心老茧识别出的那几个男人。

"他们不会丢下我的。就是他们有什么事，我也会去找他们。"千草说。

"山中一日，世上可能千年。"杨太方说。他话里有话。

千草听了这话，又那么看了杨太方好一会儿，他心里涌上一些浊水。

"你不会把季米和宽田怎么样吧？"千草说。

"我怎么会？我不会！"这确是杨太方的心里话。杨太方是个懂得感恩的人，他其实也是个内心善良的人。所以，潘和详经常敲打他，经常在他耳边说那句话："你肚里不能坐着尊菩萨。"

"但我不能保证我的同伙不会。我不能保证，他们有他们的想法，他们有他们的主意……"杨太方说的是实话，他没杀过人，但看见过他们杀人。

潘和详对他说："你迟早要杀人的，晚杀不如早杀，你个秀才样是出息不了的。你什么都好，就是心不狠。做我们这行的心不狠就不会有大出息。"

杨太方脑海中时不时就跳出尊三围前那个憨伢的样子，现在在这地方似乎又见着那个伢。他当然不可能看着这么个伢死，更不可能杀这么个人。

但杨太方说的是实话，潘和详是多么狡猾的人，他会循迹找到这地方的，一定会。潘和详是个狠家伙，他杀人不眨眼。他下手狠，肯定不会放过这对父子。

那个芽芽就是那时候在千草心上拱起来的。千草想，你不会，季米救过你，你可能心存感恩不会那么黑心。但你说得对，一旦那些人找到这地方，一切就很难说了。

那几张床都是用竹子和木板扎的，稍一翻身就吱呀乱响。按说杨太方伤了腿，翻身不得，动静会很少，但杨太方那床老吱呀吱呀响个不停。

日落的时候千草就把决心下了。

对于这个不速之客，千草整个白天心里七上八下的，他和对方都摊了牌。现在，千草最担心的是季米和宽田的安全。还有，要真是敌人掌握了这个交通站，守株待兔，管威虎等人迟早也会落入他们的魔爪，凶多吉少。

他得占有先机，俗话说：先下手为强，后下手遭殃。

千草要做一件大事，他觉得责任重大，必须完成这件大事。事关重大，事关很多人的性命，也事关这条秘密交通线。

他不仅要做出决断，还要付诸行动。想到这一点，千草心里就有一只怪手抓捏得他透不过气来，让他感觉窒息。他咬着牙齿，甚至感觉到自己把牙咬得咯咯响。但一想到那一瞬间，千草手心就出汗，身上也出汗，大汗淋漓。他知道那是自己心软，心软手一定软。

千草想，千草，你不该这样！你得让自己狠一点。

千草感觉到对方目光中的异样，他当然不知道那隐晦目光中的真实意味，更没有跟管威虎和执行队那几个伙伴联系在一起。这一个月来，山外发生了许多事，红白间角斗，你死我活。战火硝烟，枪林弹雨，大仗打了几场，红的吃了些亏，地盘让白的蚕食。安远等地，已由红转白，尊三围也被敌攻破。要不是千草伤了腿，现在早已凶多吉少了。

这里与世隔绝，千草不知道山外发生的一切。

千草心急火燎，六神无主。他担忧交通线的安全。"这家伙有指南针，他是来找'路'的。这家伙兜里装的那张图，季米读不懂、悟不出，我会看不出端倪眉目吗？"

千草那时心里只有一个想法："得除了这祸根。一切诚如这家伙所说，他的同伴会循迹而来。那些人都是心狠手辣的家伙，他们杀人不眨眼。"

千草就那么颠来倒去地胡思乱想着，他没有辗转反侧，虽然很想，但他强忍住，他装着已经坠入梦乡，甚至还故意弄出呼噜声。

那时候，夜色如水一样在棚寮的四周漫渗，一切都悄然无声地坠入浓黑之中。

千草握住了那根麻绳，他觉得那根绳湿渍渍的。其实是他手心的汗浸湿了麻绳。

那边有呼噜声起了，是宽田。杨太方占了宽田的床，宽田只好睡地上，幸亏棚寮里铺了一层板，又是夏天，睡哪都无大碍。夏天最让人顾虑的是蚊虫，好在季米有办法。山里有种叫臭榛的植物，搭棚寮之初，季米就围着棚寮种了一圈臭榛。一到夜里，这种植物就散发出一种臭味，蚊虫都躲得远远的。

不远处，杨太方那边也起了鼾声。

棚寮外面也并不那么安静。夏天，溪里水足，流水声昼夜无异，总是那么喧嚣。虫鸣噪着，有尖利的，也有圆润细声的……偶有枝颤叶动的声音，不知是什么小兽，在那边探头探脑。阿旺并不吠，期望着那小兽越界跨境，却是无果而终。那对豆粒似的绿眼，在草丛中晃悠几下，没了踪影。也偶然有石头掉入溪里，是崖头什么动物踩翻石头从高处坠落的，水流的哗啦声中就有了些异常。

千草一直等着那个时刻，是寅时，那是凌晨三五点钟吧。据说贼都是那时候出没的，那时候人都睡得死。

"我就那时候动手。"千草想。千草当然紧张，他要做件大事，他要杀人。这个念头，一整天都在他心上盘旋。"你不能怪我，我们不能说无冤无仇，你们反动派是革命的对象，是消灭的对象。你们杀了工农多少人？你们欠工农的血债。不是我要杀你，是工农，是苏维埃……"千草就那么给自己找着理由鼓着劲。

他把决心下了。

千草估摸着寅时已到，他小心地下床，这不是一般的难。先是那条腿还未完全痊愈，还上着夹板，他当然不能站起，站起也没用。他得动拐杖，一动拐杖就会弄出响动。有响动就会惊醒人不是？他白天早想好了，小心地翻滚下床，上身先着地，用双手小心地撑着，然后挪动着双腿，小心地移动下床。

千草就是这样做的，当然很费力，脸上身上都是汗。黑狗阿旺在矮梯那晃了一下身影。"你别叫，阿旺，你别出声哈。"千草想。阿旺没叫，就是叫了也不是个事。夜里一有动静，阿旺就叫，司空见惯。

千草做得很成功，他在黑暗中往不远处的那张床挪着身体，没弄出丝毫动静。他把那根麻绳勒在了那个熟睡的后生的脖子上。

千草下手很狠，力气全用在了那两只手上。千草想，不能让他出声，绳子勒紧了他的喉咙，他就发不出声。

喉咙是没出声，可千草没想到杨太方会蹬腿，那条伤腿动不了，但他还有条好腿，他蹬的是那条好腿。不仅蹬腿，他还扭动着身体。

千草就要成功了，可那种垂死的挣扎让千草有哭的冲动。千草急喘着气，手上的劲却慢慢在消减，他撑不住了，就那会儿，他的手眼见要松弛下来。

也许是杨太方垂死挣扎中弄出的响动，也许是千草那急促的喘气声，把季米弄醒了。

季米翻身起床，他本能地跃了起来，摸黑就把千草掀翻在地。

黑暗中，他听到有人在喘气，有人咳着，是那种撕心裂肺地咳。

季米点着了火把，他举着这里照照，那里照照，终于好像明白是怎么回事。那根麻绳还缠在杨太方的脖子上。宽田也醒了，他揉着眼睛，像是不相信眼前发生的事情。

"我以为来贼了，没想到是你千草。"季米说。

千草喘着气，脸黑得像鬼。

"你看你，你想勒死人家？你千草干什么？"

千草说："他不死，我们都得死！"

"你看你说的？你疯了？"

"我没疯！你问他！"千草指着杨太方说。

季米把缠在杨太方脖子上的那根麻绳解了，又给杨太方端来瓢水。杨太方喝了，感觉好了许多，咳声消失了。

季米对杨太方说："千草说你不死，我们都得死，有这事？"

杨太方还躺在那，他摇着头，后来又点了点头。

季米说："真搞不懂你们。你们是前世的冤家？如果你们是冤家，干吗扯上我和宽田？"

千草那时脑壳里满是浆浆，心里一大团的乱麻，不知道为什么，他想死的心都有了。

千草没杀过人，他杀过鸡，杀过猪和狗，但他没杀过

151

人。管威虎几个参加过战斗，说是消灭过不少敌人，千草一直很羡慕他们，把他们当英雄。他总是期望有一天面对敌人时，要狠狠地给上一刀，把敌人消灭。他明明下了决心，铁了心要杀了这个敌人、这个"祸根"，可手怎么软了，竟然没能成功。他知道自己眼见就成功了，但关键时候手软。如果季米不掀翻自己，自己也不会坚持下去，千草很清楚，自己已经手软了。

千草哭了起来，哭得很伤心。

"你看你哭什么？"

宽田也很纳闷，这两个哥哥怎么了？看样子，千草和新来的哥哥打过架，他们为什么打架？好好的他们打架？千草输了，所以他哭？他哭得这么伤心，那个新来的哥哥欺负人了？他欺负千草哥哥了？

宽田心里一股怒火就涌上来了，他冲到杨太方的床边，但不知道说些什么。宽田急，宽田嗷嗷地叫，宽田从床边捡起根棍。宽田不会打人，宽田没打过人，宽田只是下意识那么做。但季米还是把宽田扯开了。

季米说："在我这不许打人，更不许杀人！"

第六章

一

杀人总不是个好事

季米不理解，好好的人，萍水相逢的两个，有缘在一起也是朋友哇。何况两人都是一样的断腿，该是同病相怜的哟。为什么非得弄得有血海深仇一样，水火不容？

千草跟他说了很久，说红军是穷苦人的队伍，建立苏维埃政权，一切权力归工农。

季米说："我知道那个苏什么来着，对……叫苏维埃，卢劲环跟我说过，他还让我回石角，说石角变天了。"

"苏维埃是工农自己的政权。"千草跟季米说。

"可他们把谭清旭老爷家的屋宅、田地、财产都收了……"

"那些本来就是穷人的。"

153

　　"你看你说的什么？"季米对这些永远难以理解。比如，人家说，谭清旭老爷霸占他家那块田。季米说："是我自愿的呀，我家那时有难处就借了谭老爷的钱，借钱还不起，老爷就拿走了地。"人家说，谭清旭那鬼财主，他假善良，那是巧取豪夺。季米总是淡淡地笑，摇摇头，说："都是命！"他总是不把人往坏处想，他认为人没好坏之分，只是各人命不相同，人要抗命，十有八九会有殃祸。他和宽田是养蜂的命，甜命。

　　其实，季米是躲，远离人群，远离是非，远离一切。

　　千草说："季米叔你什么都好，就是糊涂。"

　　季米说："我们一家人都糊涂，人活一世，难得糊涂，糊涂人活的是福命。"

　　"你看季米叔你说的？"千草好无奈，他说不服季米。

　　"我又没说什么，我说的是我自己心里想的嘛。"

　　"反正那家伙是白的人，他们与红军作对，与苏维埃作对，是工农的敌人、穷人的仇人……"

　　"我不管红的白的，在我这就是我的客人。何况现在你们都是断腿的后生，让我撞上了，我得把你们救治了……"

"你看季米叔你这么说？"

"你们好好养伤，不要弄那些没名堂的事情，我不懂，我只想大家都好。"

千草劝不动季米，他也不想在棚寮里待着，就说："宽田，你扶我出去走走！"

季米说："对呀，宽田，你扶了你哥，让他走走，活血，整天睡着不是个事，动动好。"

宽田听不懂几个人在说些什么，正有些烦闷，听他爷季米这么一说，乐得跳起来拍手，说："哦哦，那边溪里……鱼多，还有沙鳖……"

阳光正好，宽田把千草扶下床，又扶下矮梯，然后依然小心地搀扶着千草，两人晃荡着缓缓移步去了那边。

杨太方躺在那，一直闭着眼。季米知道他没睡，看见千草和宽田走出老远，对杨太方说："你想睡你就睡，我知道你睡不着。"

杨太方睁开眼。

"你都看见了的！"杨太方说。

155

"看见什么？"

"他杀人，他想杀我！"

季米说："我没看到。"

"要不是你，他就得逞了，他想杀我，是你救了我。"杨太方说。

季米说："我救了你是没错，可我没见有人杀你。"

"你看你？"

"我没见着。"

"是千草！"

"我没看见！"

"黑灯瞎火，你是没看见，可后来你看见了，他想用那根绳勒死我。"

"我没看见！"

"他自己都认了，他自己……"

"我没看见，我什么都没听见！"季米说。

杨太方有些无奈，他不知道这男人为什么要这样。

杨太方想，灯不拨不亮，事不说不清，锣不敲不响，理不辩不明，今天他就跟这位救命恩人费些口舌。

杨太方跟季米说了许多，他说中华民族曾经强盛，有过盛唐，也有过大明……但近代以来，国运坎坷，多少年来战火连天，民不聊生。这百多年更是苦难深重，外忧不绝，内患迭起……军阀混战，赤匪殃民，加之天灾人祸，黑恶遍野，老百姓生活得水深火热……

杨太方说得很细，他把能说的道理都说了，他以为季米听进去了。季米一直喝着茶，他烧了一大锅的滚水，泡着春里采摘来的野茶。那茶味很浓，季米说："太方伢呀，你别老说话，你喝茶！"但杨太方很亢奋，他觉得一切在理，在理就能说服面前的这个男人。

杨太方连篇累牍、滔滔不绝，他把学堂里与在潘和详那学来的道理都搬了出来，他觉得自己说得不错，说得很好。后来，杨太方就看着季米的脸，季米一直在喝茶，他的表情很平淡，波澜不惊。

杨太方说："我说的这些你在听吗？"

季米说："我在听，我一直在听。你说的大道理我听不懂，我只懂过好自己的日子。"

杨太方摇了摇头，他想说："你个季米哟，你真糊

157

涂！"后来想，千草前脚才说过同样的话呀，可季米没觉得有什么。杨太方听到季米回答千草，季米说过的每个字，他都记得清清楚楚。季米说："我们一家人都糊涂，人活一世，难得糊涂，糊涂人活的是福命。"

杨太方想，那还能跟他说什么呢？

但杨太方还是跟季米说到危险。他说："那些事你理不清，但红的白的交火已经好多年了。"

"我知道，我去平远进货，在那听人说了。"

"水火不容，势不两立。"

"何必，啧啧，好好的何必，你看……"季米说。

"一山难容二虎。"杨太方说。

"好好的，弄成这样……"季米说。

"他们真做得出来，要杀人会杀人的。"杨太方说。

"我不会让千草对你下手的，我不会让他那么做！"

"我是说潘和详。"

"潘和详是谁？"

"潘和详是我师傅。"

"你师傅？你师傅杀谁？"

杨太方想，这个男人真的什么都不知道，现在红白博弈，杀红了眼。杨太方太了解潘和详。杨太方当然不是薄情寡义之人，他一直记得潘和详对他的好。但这个潘和详满脑子都是剿匪大业，成天想在这片赤区大显身手、大展宏图。潘和详有些急，甚至有些疯狂。那些日子，潘和详整天给他说这些，杨太方满耳朵都是潘和详的那些话。他说，建奇功、立伟业要学会不择手段；要成为党国之精英，心得狠，尤其对顽固之共匪，要残酷无情，心狠手辣；心里只要有党国，一切皆可作为。潘和详常说这些话。

要是知道季米和宽田帮助过红军，而且救过他们的人，潘和详绝不会手下留情。

杨太方把这事跟季米说了。

季米笑了："好人好报，我和宽田是做好人。"

杨太方眉头就皱了。

"不是说'救人一命，胜造七级浮屠'吗？"季米说。

"说是那么说，这世道，纷乱如麻，你说不清。"杨太方不知从哪天起，心里真就是这么想的，他没想到今天却对这男人说出来。

159

季米笑着说："我是做善事，我做好人，菩萨保佑。"
看得出，他根本没把杨太方的话当回事。

"说来说去，我怎么听着你和千草说的都一样，说的
是同一理。"

"怎么会？"

"不都是为大众，为国家？……"

"什么话？"

"救民……"

"救民于水深火热，救国于危难之间。"杨太方说。

"千草也是这么说的。"

"可是不一样。"

"这能有什么不一样？"

"道不同，路也不同。道不同，不相为谋……"

"都是娘生爷养的，都是有家有祠堂的人，用得着你
死我活地斗？"

杨太方摇着头，他知道和季米说不清。

"杀人总不是个好事，杀来杀去的，争个你死我活的。"

"反正潘和详会找到这地方的，他很快会找到！"

"找到好了……"

"他会杀人！我说潘和详会杀人！"杨太方几乎是吼出声的。他绷着脸那么吼，把季米吓了一跳。

季米看着杨太方，杨太方也那么看着季米，他们对视了好一会儿，季米才收回目光。

"你吓着我了！"季米说。

"我说潘和详会杀人，我是认真跟你说的。"

季米说："我知道了！"

季米走出棚寮。杨太方没抬头，他听到季米的脚步声，先是踩在棚板上，吱呀地响，后是走下了矮梯，渐就弱下去。杨太方只听得蜜蜂的嗡鸣和远处的鸟叫。

他不知道季米何时回的，也不知道季米身上为什么弄上了泥污，到处都是干土。就一会儿，季米能去哪儿？季米去了溪子那边，但也不至于弄一身的泥污。

"好了，你放心吧！他们来好了，他们杀不了人。"

杨太方看着这个一头大汗、满身泥污的男人，想不出他刚刚去了哪儿，又做了些什么。

"也没人会杀你了，没人！"杨太方听见季米对他说。

从那天起，季米夜里就睡在杨太方的身边。

二
要弄个水落石出

潘和详带着几个手下在山里摸索。他没用图，那图在他心里，他用不着图，知道往哪个方向摸索。是的，现在只能叫摸索，他还不能最后确定那条路线，只是隐约感觉到是那么一回事。

后来越走山越深，坡陡崖高，五灿和津万没法抬滑竿了，正犯愁。

潘和详说："走啊走啊！"

五灿和津万一抬头，潘和详已经攀着那根粗壮的藤蔓置身在了半崖高处。

他们找到了那个地方，就是杨太方那天失踪的地方。五灿指着那堆灰烬对潘和详说："大郎，你看你看！那天就在这里宿营，杨太方说去取些水。"

潘和详支起耳朵听了一会儿，甚至狠狠地吸了两下鼻子，似乎想从空气中嗅出点什么，然后用手指了指北面："是那个方向？"

五灿和津万都点着头："是呀是呀，那里有条小溪，水响声就是从那边传来的。"

三个人走到溪边，一切都很平常，没什么不正常的地方。潘和详往四下里看了看，好好的，一切都好好的，他没注意到那棵树，更没看见树身上的那处砍痕。

潘和详想了想，想不出杨太方能做出什么判断和决策。他带着两个手下在周边走了好几转，仍然没找到什么有价值的线索。

不过，他们看见了半崖上断了粗枝的一棵树。后来，他们走到崖底，那里有一根枯黄了的断枝。潘和详拈起那根断枝看了好一会儿。

潘和详说："这地方没人来，说不定就是杨太方弄的。"

他们从崖边往上看，百思不解。杨太方怎么会从那地方摔下来？然后谁把他弄走的？生不见人，死不见尸，怎么可能会有这种事情？

潘和详说："要弄个水落石出，我看有了答案一切都

163

会迎刃而解。"潘和详又侧耳听了听周边，只有水声和鸟啼，还有风穿过枝叶间的细微声响。他又吸了吸鼻子，没什么特别的气味。山里，总是那种枝叶霉腐的气息。

潘和详说："我们去山顶，去最高处。"

他们花了些力气，气喘吁吁地站在了那座山的最高处。

潘和详说："你们注意观望。"

"观望什么？"

"看看有没有烟，有烟就有人烧火，就有人迹。"潘和详说。此时正挨近正午，要是村落人家，正是炊烟袅袅的时候。

没看见丝毫烟的影子，远天的云却是簇拥着一团一团的。

他们又爬了好几座山峰，依然没见烟的影子。

他们在深山老林里转悠了三天，五灿和津万累得两眼发直，但潘和详似乎信心满满，锲而不舍。

"看就是！"津万小声地跟五灿说。

"什么？"

"还什么，白费劲，大海捞针嘛。"

五灿想，又是一场空，无功而返。他们已经在大山里转了将近半个月了，一无所获。只要潘和详不说停下，他们就不能收手，但五灿觉得他们的那个叫大郎的长官也要放弃了。

就在那会儿，潘和详到底听到了异样的声音。五灿正想着无功而返时，就看见走在前面的潘和详突然停下了步子，举起右手在头顶挥了挥，显然，那手势示意大家安静。

三对耳朵都竖了起来。

除了泉响、鸟啼、蝉噪，还是……

"听到没？"潘和详问。

两人都摇着头。

"再听，认真听！"

五灿好像听出了名堂。

"啄木鸟啄木哩。"五灿说。

"哦？"

"笃笃笃……"远处隐约传来那声音。

潘和详说："再听听！"

那三对耳朵都听到了一种沉闷的响声，是回声。当然不是啄木鸟觅食。啄木鸟啄木会有回声？是有人伐木。他们听出来了，是有人在砍伐树木。

耳朵一直竖着，现在三双眼睛突然一下都亮了。三个走成野人的男人，现在个个成了怪人。

后来，他们的脸舒展了，嘴咧得开开，笑了。

大海捞针也好，瞎猫碰死老鼠也好，潘和详与他的团队终于找到了相关线索：这么个荒僻原始的地方，有谁在这伐木？

宽田常常会有点躁动，就是注意力不集中，嘴里嘟哝，眼四下里瞟。

那时候，季米就会找一件宽田愿意且能投入的事给他做，让他集中注意力。那样，宽田就少了躁动，就安分许多。

"宽田，你给杨太方哥哥做副拐！"季米对儿子说。

季米曾经带着宽田做了一副拐，那是给千草做的。千草躺床上一个多月了，老是叨叨管威虎他们，说该来的呀，该来的呀，怎么一次也没来？

季米说："会来的，一切都好好的，他们会来。"

千草的脸沉着，灰灰的。

季米说："你是床上躺久了，该下来走动走动。"

千草说："我腿还没好利索，怎么走？"

季米就说："我给你做副拐吧！先前石角敖七断了腿，人却闲不住，拄着两根拐杖到处颠，后来也没个什么事。"

季米就带了宽田去山上，找适合做拐的树。山里到处都是树，有松树、杉树、枫树、樟树……但做拐要找青冈木。青冈木坚硬，笔直，树身上有枝，杯口粗细。这种枝就适合做拐，但这种直直的枝多在高处，不容易砍，只能将整棵树给砍了。

那天，宽田就跟着他爷季米在坡上砍伐了这么一棵青冈树，取了两根有杈的枝。他们把那两根枝弄了回来，宽田看着他爷把两根枝砍成三尺长的样子，在杈那用破布条缠了。

季米说："这就是拐杖了。"

父子俩回来，把千草扶起。"千草，你试试这个！"季米说。

千草一只脚立了，接过季米给他的两根拐杖，小心地挪了挪步子。

宽田知道拐杖的好处了。

季米一说给伤腿的人做拐，宽田就蹿了出去。他知道拐的重要性，躺着的哥哥有了两根拐就能站起来，也能蹒跚着走路。

宽田很乐意做这事，他专注起来，也知道该去什么地方，该怎么去做。他就到了那坡上，找着一棵青冈树，用力地砍了。青冈很硬，有人叫它铁栎，真就硬如铁，挥刀下去，就有沉闷钝响，声音温厚，在山谷里回荡。

潘和详他们听到的就是宽田砍树的声音。

潘和详带着两个人往那方向走。那时候，虽然回声止息了，但潘和详心里有数，他想，他们就要找到他们想要的东西了。

三
不速之客

季米听到阿旺的叫声，别人听不出名堂，但季米却听出了异样，他向阿旺看去，黑狗竖起了耳朵，又那样叫了几声。

有外人！周边什么地方出现了外人。季米站了起来。

阿旺是条好狗。在这荒野地方，幸亏有阿旺这么条狗，它通人性。熟人来，它叫；陌生人来，它叫；狼呀豺狗什么的来，它更是叫。但叫声有所不同，季米一听就知道。

肯定不是管威虎他们。阿旺跟他们熟，阿旺不会那么叫。

是陌生人，是不速之客。

季米得做件事，不管来的是些什么人，他得把这事弄妥帖了。他记得杨太方对他说"他们真做得出来，要杀人会杀人的"，他相信杨太方的话，不管怎么样，他得有备无患。

他跟千草和杨太方说："我得给你们找个安全的地方，没人能杀人，我不会叫他们杀人！"

他要把千草和杨太方背到一个地方，那是后崖高处的一个暗洞，在崖的半壁上，洞口被灌木和茅草遮掩着。要不是阿旺那天追一只野兔，季米也万万想不到这里会有个洞子。

169

千草不解："季米，你怎么了？"

"你没听到阿旺叫吗？"

"我听到了，它一直在叫。"

"阿旺那样叫，是有陌生人来了。"

"是杨太方的人？"

季米说："杨太方没说假话，我信他的话，他说他们的人会找到这地方的，他们很快会找到，为防备万一出现的情况，我就预先找了这么个地方。"

季米又把杨太方弄到洞子里。弄杨太方有些费劲，宽田不在，季米只好一个人艰难地背起了杨太方。

杨太方说："你怎么知道有人来了？"

季米说："你信我就是。"

杨太方说："你那天跟我说'好了，你放心吧！他们来好了，他们杀不了人'，是因为你找到这地方？"

季米说："我不想看到有人在我这杀人，更不想看到有人被杀！"

洞子里很黑，他们互相看不清对方的脸。季米对着黑暗说："你们两个安分地在这里待着，不会有事的。没有

人能在这杀人！"

"潘和详是个矮子，只有八仙桌那么高。"季米听到身后杨太方对他说。

季米出了洞子，又在棚寮那收拾了一通。有些痕迹，季米不能让外人看见，他做得很仔细。

阿旺叫得更凶了，季米说："阿旺，你别叫了！"阿旺不叫了，但有人在说话。

"没想到这大山深处、荒野地方还有人烟。"季米听到一个男人的声音。

季米抬头，看见一个矮子带着两个男人站在棚寮前面的空地上。

季米想，杨太方说得果然没错，是那个矮子带人找上门来了。

"我也没想到这时候还会有客人来。来者即为客，几位请进来喝茶。"季米说。

潘和详真带着手下坐下来喝茶。季米也喝。他们用的是竹筒，山里竹多，就把竹子削了，做茶杯。

"山里采的野茶，将就喝吧……"季米说。季米想，这些人不像是杀人的人啊，很和善的样子。

"野茶好，一般难喝得到。"

"哦哦，我再去煮些。"季米又煮了一锅水。

"你们是贩货的？"

"是哟，贩点货想发个财，但世道乱，才走到半道上，被人劫了……"

"噢！"

"那帮匪，把我们眼蒙了，丢在这深山老林里。"

"他们没杀人？"

"杀了倒好了，弄得我们三个像野人一样在山里转。他们不想让我们好死，想困死饿死我们……我们以为走不出去了，没想到这里有人家。"

"我养蜂，这地方花多，花多蜜就多。"

"哦，那是！"潘和详这时注意到了锅下的那堆炭火，似乎想起什么，"你看大热天的你烧炭？"

季米笑着说："烧柴烟大，山里风小时不走烟，烟在周边蹿，熏坏我的蜂子了。"

"哦。"

“山里炭又不值钱，弄就是！”

潘和详环视了一下棚寮里外：“这里不止你一个人吧？”

“我和儿子宽田，他砍树去了。”

“我看不止两人……”

“常有客来，像你们这样的贩货的、打猎的、采药的和采山珍的……他们从这过，喝口茶，吃餐饭，歇一夜两夜的……”

“也有做匪盗的来过这吧？”

“谁知道，他们脸上又没写字。就算真是匪，他们到我这有喝有吃，就是没钱，他们也不会拿我怎么样。”

“那是！”

他们还想说什么，那边有了响动。

是宽田回来了。宽田扛着两根青冈枝，气喘吁吁、一身大汗地出现在众人面前。很快，宽田看见棚寮里的三个陌生人，他的脸上挤出了笑。宽田喜欢家里来人，宽田好客。可他看了看，没看见千草和杨太方。他朝他爷季米“啊”了几声，说：“哥……”

季米说：“你饿了呀，这里有吃的，你先吃！”

宽田是真饿了，他很快把注意力转移到那几块煨薯上狼吞虎咽起来。

他们静静地看着宽田吃，宽田的吃相不太好看。潘和详很淡定地坐在那，他心里有数，当然不会轻易相信季米的那些话。他想："这个憨伢一定会实话实说。等他吃完，等他说话，一定能听出破绽。我不急。"

四
杨太方感觉自己无所适从

千草和杨太方当然知道洞外发生了什么。洞里很黑，两人彼此看不清对方的脸，那个洞口被浓密的灌木和冬茅遮掩着，一点光也进不来。

开初，只听见两人的喘息声，后来就听见洞外的嘈杂。

"我想不出。"千草说。

"什么？"

"季米为什么不把你绑了，往你嘴里塞把乱草。"

"为什么？"

“你一喊，就会害了大家。”

“我不会喊！”

“噢！”

“我知道你手里握着块石头或者握了根棍子，我一喊你就会砸死我。”

杨太方说错了，千草手里什么都没有。千草既没握石头，也没握柴棍，而是空着两只手，他笑了一声，那笑意味深长。

“我说过，潘和详会杀人，他们会杀人。”杨太方说。

“会杀人又不会杀你。”千草说。

“他们会杀季米和宽田。”

“是你们！”

“你看你这么说？”

“难道不是？”

“季米是我的救命恩人。我不能让他们那么做，我不能让他们把季米父子杀了。”

“是你们！”

“我们就我们，可我不会让人伤害季米和宽田。”

176

杨太方想："我们杀你千草天经地义，你千草是我们的敌人。你千草那边的人杀了我们很多人，你们是我们的仇人。可为什么把季米和宽田扯进来？为什么？"杨太方想想，觉得自己心里跳出的这个问题有点可笑。没人把季米和宽田扯进来，没人。

　　季米救了千草，就会被安个通匪的罪，死罪呀。"可季米救了我呢，你们红的一方是不是也会问罪季米父子？"杨太方想，肯定会。可季米父子没做错什么，他们只是救人。

　　杨太方不知道为什么想哭，他忍了。他想，杨太方你真没出息，虽然知道世事纷杂，可没想到自己会陷入这么个境地。从校门里出来，一切都想得美满，想得特别辉煌。这几个月来跟着潘和详，他觉得这个师傅真是对他好，什么都毫不保留地教他。但杨太方目睹的现实中的一切，与他在校园里知道的很不一样，甚至有的差之千里。他发现之前自己对社会的认识、对人生的认识和对人的认识，都显得那么肤浅，不堪一击。他曾经明朗清丽的抱负和理想，从哪一天起变得那么混沌模糊。

　　还不如季米和宽田，他们置身大山深处，与世隔绝，

177

什么都不想，只快活地活着。养蜂割蜜，感觉什么都是甜的。

杨太方感到无所适从，自己背叛三民主义了吗？没有。他坚信三民主义，自己做的一切都是为了党国，但党国为的是什么呢？还不是要实现孙中山先生的遗愿？还不是为了天下大同，人民安居乐业？可为什么要那么穷凶极恶。他一直不敢想这个词，但那天，看见桂军在尊三围后面的山上将百余人不分老幼妇孺残忍处决，他先是震惊，然后是思考，后来是迷惘。

现在，意外受伤落脚到这么个地方，接触到这几个人，他觉得他得好好想想。

好在行动不方便，他有的是时间好好想想。

五
动用储备迫在眉睫

那天，管威虎跟立五说："立五，你去安远县城探探风声，反动派南路军粤桂联军占据县城已月余，我们困在围子里如笼中鸟，耳目皆失，得知道外面的动向。"

立五也是执行队中的一员。可那回他没随队行动，等管威虎一行人回到尊三围时，偏偏少了堂弟千草。

他们说千草出了意外。立五一直惦记着千草，他想已经过去些日子了，得去看看千草。可过去二十几天了，执行队一直窝在尊三围里。

管威虎说："外面情况不明，不能轻举妄动，立五你摸摸情况即回。"

立五出了尊三围，去了县城。县城已完全被敌人占据，粤桂联军人马众多，街上到处有士兵来来去去。立五找到自己的人，把情况摸了个透，形势危急，要转移的必须迅速转移，他寻思赶紧回尊三围告诉管威虎他们。但立五还是迟了一步，他赶回镇岗时，尊三围已被桂军某团围了个严严实实。管威虎和执行队的队员被敌人包围在了尊三围里。

立五当然知道问题的严重性，围子里还有一批盐没能及时转运出来。更重要的是，尊三围安危莫测，一旦被破，管威虎和执行队的队员凶多吉少。

立五心急火燎，连夜赶去了瑞金。首长对这事很重视，派兵去救援，要将围子里被困的同志们解救出来。

又是星夜急骋，火烧眉毛，救兵如救火。

两个团的红军，急援镇岗江头。

得向导带路，但偏偏这次向导却带错了方向，带去了新龙的江头。两个地方同名，向导把目的地尊三围附近的江头误以为是安远和信丰县交界处的江头。待知道走错重走上正道时，桂军已将驰援的路线切断。

贻误战机，追悔莫及。管威虎他们出了意外，都被敌人杀害了，只有立五幸存下来。

立五被叫去了云石山，首长要见他。立五想首长这时候找他，一定有非同小可的事。没想到首长要他去找千草。

原来此时军情已经十万火急，"围剿"红军的几路大军从东南西北各个方向逼来。敌人改变以往战术，步步为营，稳扎稳打，不急于攻，攻守兼备。红军游击战就施展不起来，诱敌，敌不深入；牵牛鼻子，牛纹丝不动。以往"打得赢就打，打不赢就跑"的老战术行不通了，得硬碰硬，这样，红军就被动了，居于下风。首长纠结呀，首长愁哇。

雪上加霜的是，食盐坐吃山空，眼见要没了；几条交通线都先后被敌捣毁，盐的来路也被切断。食盐不仅是重要的生活物资，这种时候更是重要的军事物资。人要是几天不吃盐，必定萎靡不振。一支军队，如果官兵意志消沉，一蹶不振，那还怎么作战？何况，近期局势越来越紧张，会有大的军事行动。将士的健康要有保障，军队的士气和战斗力才有保障。

这很重要，非同小可。

首长想动用储备。去年，有一批"货"被敌方暗探跟踪，管威虎急中生智，在大山里找到个隐蔽地方，把它藏在了那里。后来，执行队来往于这条秘密交通线，那批食盐也没急着去取，权当做了储备。

现在，动用储备迫在眉睫。

但执行那次任务的队员，皆在尊三围被破后惨遭杀害，现在唯一知道那处隐秘地方的只有千草。

首长说："找你来，就是要你安全地把千草和那批食盐带回来！"

立五说："首长放心！"

"千草是你堂弟？"

181

“里坪金家祠堂三十多个后生都扩红入了队伍！”

“金家是革命家族。我知道你们堂兄堂弟中出了好几位战斗英雄。”

“我说了！”

“什么？”

“请首长放心！”

“我相信你才把这事派给你，但现在情况远比当初要复杂百倍千倍，那一带已被敌人占领，设有堡垒，在乡村施行保甲制。你们此次行动要比先前困难，是在虎狼群里出没，险象环生，危机四伏。”

立五点着头。

“要把困难想在前面，需要什么你跟我说。”

立五说：“我熟悉那条秘密通道，给我几个人就行！”

首长说：“给你三个！再多我也拿不出，现在队伍上缺人。”

立五挑了三个精干后生，一个叫甘三，一个叫刘大吾，还有一个叫巩树年，三人都是智勇双全的后生。

他们第二天就出发了。

第七章

一

他感觉管威虎他们凶多吉少

千草不知道山外发生的这一切，只是奇怪管威虎曾说过些日子就会来，说再来时给季米他们捎些日用品来，可一直没来。

季米说："得去平远弄些东西回来。"

季米准备了两个木桶，桶里装的是割出的蜜，他得卖了蜜，才能买需要的东西。

千草说："你去了问一下外面的情况，街谈巷议，注意听听。"

季米到了平远，街上没看出什么，有队伍从街上走过。

季米担着蜜桶往那家店铺走去，远远地，他看见掌柜

183

站在铺门边抽烟。掌柜长了张刀把儿脸，季米的蜜都往他那儿送，他们很熟。

"你好久没来了哟！"刀把儿脸说，"我以为你有别的主了，货不送我这儿了呢。"

"怎么会？我是那种人吗？再说，也没人比掌柜你给我的价公平啊……兵荒马乱的，这些日子不敢乱走。"

"也是呀，街上过了几天的兵，天上飞机来来去去的。听说红的那边兵败如山倒，被官兵风卷残云灭了个干干净净。"

"哦？"季米很惊诧的样子，他没装，确实很意外。

"交火了这么些年了，就要分出胜负了？"

"嗯！"

"听说，前些天从尊三围里押了百十号匪，都押到后山上剁了脑壳。"

"噢噢！你看，不该杀人的。"

刀把儿脸说："就是呀！杀来杀去，鬼比人多……快了，天下就要太平了。"

"怎么就看出要太平了？"

"官兵出告示了哇！满街上贴，你没见？"刀把儿脸说。

季米说："见是见了，但我大字不识一箩，鬼晓得那上头写些什么？"

"你没听人说？"

"没！都围在城门口看那张纸，但没人说，他们只摇头，问也不说。"

"也没什么好说的，白的大军压境，红白交火经年，现在拼出个高下了，白的长驱直入、攻城略地，红的大势已去、苟延残喘了。"

"唉！"季米长叹了一口气，他想，就是太平了，也是死了那么多的人，再也不能死人了哟，人死不能复生。

季米回了山里，跟千草说了山外那些事。

季米说，过兵哩，都说每天一队队的官兵往北面去，还有炮，都是大炮。季米说，他们说报上说的，红军要败了，苏维埃也完蛋了。

季米把听来的都倒豆子般与千草说了。

千草想，季米听来的消息八成是真的；真要这样，管

185

威虎他们这么久没来，就说得通了。千草的心被一只大手揪着拧着，心急火燎。他猛地一下要站起，那伤腿撕心裂肺似的痛，才让他想起自己腿上的伤还没好利索。

那晚千草做了个梦，梦见管威虎带着执行队来接自己。管威虎和立五几个人伸手要拉他起身，他则伸长了胳膊，跃起抓那些手，抓紧，却发现抓住的是一缕白布。那布扯了他，从地面升腾起来，像鸟似的飘飞。到高空时，白布竟变成一缕轻烟，他抓不住了，便急剧地往下坠去……

这个梦让千草郁闷了好些天，他感觉管威虎他们凶多吉少。

宽田依然手舞足蹈，东蹦西跳，可蹦跳到千草面前时，突然就停住了。千草阴沉着脸，他有心事时，脸上就愁云密布。宽田像被人兜头浇了盆冷水，他知道，这种时候自己要静静地躲开；他知道千草心里难受，只有难受，千草才会这样。宽田很想帮帮千草，可他帮不上，他甚至不知道跟千草说什么，一说，千草更难受。

宽田只能躲得远远的。

千草担忧管威虎他们，隐约感觉到了什么。

二

他觉得肚子里挤着一堆乱草

洞子里一片静默，洞外的嘈杂却还在蔓延。他们只能凭借那些声音判断天要断黑了。

两个人就这样在洞子里静静地待着，洞子里没风，但里面阴湿，也并不觉得热。那边有水叮咚响，季米背他们进洞时跟他们说过，渴了，那有水。季米想得真周到，居然在那放置了一个木桶和瓢。洞顶有水滴落，从高处砸入桶里，发出叮咚的脆响。

"你听到响动没？"杨太方对千草说。

"泉水响了一整天，一直没停过。"

"你再听，仔细听！"

千草支起耳朵。

"是山鼠。"

"我知道是老鼠，山里也是有老鼠的。"千草说。

"是山鼠！"

"那又怎样？山鼠又不是老虎或者毒蛇。哦，你怕山

187

鼠引来毒蛇？那有可能哟。"

杨太方笑了一下，他想："这后生以为我怕蛇哩。"

"我听到你笑，你还笑？"千草说。

"你以为我怕蛇吗？我是说山鼠出洞了，天黑了。天黑了，小兽什么的才出洞。"

"噢！"

"季米没过来……"

千草说："他们没走！你们的人没走，他们鬼得很，他们守在那儿。"

杨太方说："潘和详不是那么好哄的，我说过，矮子矮，一肚子拐。"

"什么？"

"潘和详是个矮人，俗话说矮子人鬼精鬼精。"

"哦！"

杨太方说："你看你老'哦'，我是说潘和详他鬼，他守在那儿，我们总不能在洞子里待个十天半月的吧？"

千草从地上摸着块石头，朝窸窣声起的地方扔去，只听"吱"一声叫。

"你打着山鼠了。"

"我看它们在洞子里很猖狂。"

"天一黑，就是山鼠的天下了。"

"鬼！"

"你说鬼？"

"还有蛇、猫头鹰什么的，总有治它的，总有！"千草这么说着，心里却一直琢磨着应对这僵持局面的办法。

但脑壳里转了一整天，他也没想出个好办法。

"不管怎么样，你不会出卖季米和宽田吧？"

"怎么会?！季米是我的救命恩人。"

"救过你两回。"

"嗯！我不会，可潘和详他们会！"

"你知道季米、宽田是无辜的，尤其是宽田，一个憨伢，什么也不知道。"

"他们会，我亲眼见的，那围子里就有个后生是憨伢，他们也把他杀了，我亲眼见的……"杨太方说。

"什么围子？"千草紧张起来。

杨太方说："叫尊三围。"

189

"啊？！"千草叫出了声。

"整整一个团的人围了他们一个多月，硬是攻不下，后来动用了飞机，往围子里丢炸弹，才拿下。"

千草想，难怪哇，难怪管威虎他们没音信，看来凶多吉少，看来管威虎他们被……

"都杀了……"杨太方说，"除几个细伢被他们拿去卖钱保了命。一百多条人命全杀了，一个不留！"

千草呆了木了，他觉得脊背上一阵透心的凉，像趴着一条冰凉的蛇。他想动动胳膊，但身子好像不是自己的了，他成了根木头桩子。眼里却涌了东西，那是泪，泪水在脸上淌着。千草极力地忍着，他不想让杨太方知道他的悲伤，却忍不住。

"哇"的一声，他号哭了出来。

"你看你哭？"

"管威虎他们多么好的人！还有，我哥哥金立五也在围子里……"

杨太方声音小下来："他们或许就在洞外。"

千草忽然意识到什么，哭声戛然而止，他把悲伤堵在肚子里。他觉得肚子里挤着一堆乱草，不知道该怎么办。

"他们把管威虎和我哥哥金立五他们杀了。"千草压抑着呜咽。

"那几个都是好汉。我不认识你哥哥，可我知道你说的那个管威虎，是条汉子，骨头硬过铁呀，威武不能屈。"

千草说："狗东西让威虎叔他们受折磨了？"

杨太方说："都是好汉，守口如瓶……"

"反动派就是这样的凶狠家伙！这几个家伙绝不会放过季米和宽田的。"千草说。

"那可怎么办？"

"只有等天亮了再说。"

三
季米不想看到杀人

宽田觉得那个矮子很好玩，他从没见过那么矮小的男人，何况那个矮小的男人的样子很滑稽。宽田憨笑着，试图接近，他一脸的憨劲和善意。

191

五灿黑着脸。

"哎！你看你？"五灿冲着宽田吼。

"和我们掌柜嬉皮笑脸的，没大没小，没尊没卑！"津万也说。

季米给五灿赔笑脸，说："掌柜多包涵，你看我家宽田是个憨伢……他……"

五灿还要说什么，但被潘和详喝住了。

"就是！人家是个憨伢、癫人，你看你！"

潘和详很和蔼，一脸的笑："你叫宽田？你家田多？"

"那是，我家在石角有大大的田。"宽田用手比画了一下，咧了厚厚的嘴唇笑着说。

潘和详说："你有哥哥？"

宽田点着头。

季米说："他哥去了平远，割了蜜，得挑蜜去换钱。"

潘和详依然笑着，说："真不容易呀。"

季米说："知足了嘛。"

"人心不足蛇吞象。"潘和详说。

季米看了潘和详一眼，心想，也是哈，好好的你们在枪林弹雨里周旋，这兵荒马乱的年代，一条命拴裤腰带上，博那么点银两，何必？真不值哟。你倒这么说，人心不足蛇吞象，亏你自己说得出口。

"他哥也是想去外面走走，年轻人待在这儿……闷呢，烦呢。"季米说。

潘和详说："也是！"他溜了一眼四周，突然掏出几块银洋，说："看你是个菩萨心肠的人，你看我走了这么远的路，肠子都累翻了，想在你这儿歇几天。"

季米一下就愣住了。他们不走！这鬼东西狡猾，看出什么破绽了。他们赖在这儿不走怎么办？洞子里还有两个伤没痊愈的大活人，行动又不方便，自己又没法把吃食送去，晚上蚊虫什么的扰人，还有万一需要药哩？

季米张皇起来，额头上现了汗，一时不知说什么。

"你看你嫌少？"潘和详说。

季米说："哪里哟，粗茶淡饭值几个钱？"

"那你犹豫是嫌我们麻烦？"

"你看掌柜你说的？你们是请还请不来的贵客。"

津万说："那你还……我们带了米，你别说你家

193

没米。"

季米说："我是想着你这么个身子，走这种地方……造孽哟，走私贩货，这生意不适合你。"

"就是嘛，累人，累得老毛病犯了，歇几天。"

季米点着头，不答应又能怎么样？

潘和详笑了笑说："实话告诉你吧，我也没个什么毛病，也不是累不累的，我没跟你说实话。"

"你看你，有什么你该跟我说，我把你们当兄弟。"

"我们是来找我们兄弟的。我们有个兄弟几天前在这一带山里不见了，我们要找到他。"

"噢噢！"

"人不能不讲义气，兄弟一场，得找，生要见人，死要见尸，得给兄弟家人一个交代。"

"我去给你们弄点吃食。"季米说。

津万和五灿从卸下的行囊里找出那袋米。季米发现，他们带了足够的米上路，看样子确实是在找杨太方。季米想："杨太方知道他们的人在找他，可他不想连累自己和宽田。他说他们会杀人，怎么会？我和宽田是做善事、好事，是救人，是积德。人说，救人一命，胜造七级浮屠。我和宽田救了两条命呢。"

但杨太方说得那么认真，说得很严重。千草更是，千草咬牙切齿地说他们是恶人、坏人，是杀人不眨眼的家伙。

季米无奈，千草和杨太方一点也不像说着玩的，他们说得很认真，他相信他们的话。季米不想看到杀人，不管是杀什么人。

四
猫捉老鼠，也玩老鼠

一行人扫视着面前的棚寮，他们当然看到些蛛丝马迹，看出些异常地方，但潘和详、五灿、津万不动声色。

"我去给你们烧茶。"季米说。

那会儿，潘和详的目光移到那块石头上，就是季米给千草和杨太方捣药的那块石头。潘和详走到那块石头前，石头上有一片绿渍渍的痕迹。潘和详停了下来，弯下腰，用指尖沾了些许，往舌尖上触了下。他看到还有些残枝叶

195

末，蹲了下来，目光停留在那好一会儿。

潘和详当然看出名堂，那是草药。看来那块石头已被人用了些日子，那不是为杨太方捣的草药，此前还有别的人受过伤，那人是谁，什么来路，现在何处？……

潘和详已做出判断，杨太方很可能就是被这个男人救下的。但为什么不见杨太方的踪迹？要是杨太方确实在，那这个男人为什么要把人藏起来？

后来，潘和详又留意到宽田砍的那两根棍棍。他拿过一根仔细端详，那根棍棍的分杈处引起他的注意。潘和详很快看出那两根棍棍的用途，他甚至让津万将两根棍棍夹在胳肢窝下，像瘸腿人那样架着它们走了几步。

潘和详与两个手下会意地笑了笑。

潘和详想，不能急。他朝五灿和津万做了个手势。五灿说"我去挑担水来"，就担了那两个空桶朝水响的方向走去。

津万说："还得砍些竹子、木头，有用！"他也拈了柴刀去了林子那边。

他们当然不是单纯地挑水和砍竹、伐木，而是在周边寻找蛛丝马迹。

他们花了不少工夫，却很失望，没找到他们想找的东西。三个人挤到一起抽纸烟，其实是议事。他们小声地说着话。

"没有，什么也没！"五灿说。

津万说："我也细细地搜过那边，没！"

潘和详没说话，狠狠地吸着烟。烟雾缭绕，他像裹了团纱巾，整个人朦朦胧胧的。

五灿跟潘和详悄悄说："我看有名堂！"

津万说："我也觉得有名堂。"

潘和详说："他把人藏起来了。如果不是杨太方，也是红的人……"

"那还等什么？"五灿说。

潘和详摇了摇头："硬的来不得。我看那男人是个嘴紧的人，实诚、讲义气，他不会说。"

津万说："把他憨伢绑了。"

潘和详说："不许胡来！他要是不说，一切付诸东流，竹篮打水。"

五灿说：“那个憨伢肯定知道些事情，从他嘴里不难套出来。”

潘和详笑了笑，笑得高深莫测。他想，当然能套出来，可那些东西他早就从蛛丝马迹中了解得清清楚楚，还用得着从那憨伢嘴里套吗？他觉得这两个手下不开窍，这么个事还看不出、想不透。他感觉受伤的人就藏在这一带的什么地方，不是一个，也许是几个。

为什么要藏呢？不言而喻。

潘和详已经想好了整个计划，在他看来，这对父子很单纯，易于对付。儿子是个憨伢。做父亲的虽然人很正常，但头脑也很简单，比儿子好不到哪去。

只要待下来，多待几天，这对父子就没辙了。

潘和详笑了下，朝五灿和津万招了招手：“住下来，我们住下来看戏，有好戏看。”

“总之，一切听我的，切勿擅自行动，不可打草惊蛇。”潘和详说。

五灿和津万不吱声了。

潘和详老谋深算，那个憨伢嘴里能套出东西，但已经没有必要，他才落脚，一番观察，一切就都一目了然了。

潘和详不说一切了如指掌，但也掌握个八九不离十，根本用不着再利用那个憨伢，那么做，难免节外生枝、横生事端。

潘和详想："我有良策哩，要玩就一起玩玩，我倒想看看有什么可玩的、好玩的。"

潘和详把主意定了，他在这住下来，一边休歇，一边静等着结果。"这么个乡下人，这么个憨憨，哪是我潘和详的对手？用不着花太大工夫，猫捉老鼠，也玩老鼠，事情早就在我潘和详的掌控之中。"潘和详想。

潘和详没想到，那老实憨厚的季米，也会在粥里下药，来这一手。

五
潘和详可不是一般的家伙

那个夜很黑也很长，宽田的鼾声早就风箱似的扯响，搅和了虫鸣，弄出噪响。季米其实就等着那时刻，他煮粥时掺了些东西，是山茄子花末末。山里有种植物，俗称山

199

茄子。季米不知道这植物有个很洋气的名字，叫曼陀罗。它不能吃，有毒，浑身都是毒。不要说一个人，就是一头牛吃了，也能毒死。虽说山茄子能毒死一头牛，但也常常为人所用。三国时著名的医学家华佗发明的麻沸散，主要有效成分就是曼陀罗。喝了麻沸散后，肌肉松弛，汗腺分泌受到抑制，所以古人将此药取名为"蒙汗药"。到五月，山里人采了山茄子花，晒干，碾成末末，用那东西捉鱼、捕小兽。掺在饵里，鱼吃了就昏迷了，翻白肚，但死不了。人就在下游趁机捡拾。有两炷香工夫，鱼就又醒过来。山民也用它来捕捉小兽，将小兽爱吃的东西掺入山茄子花末末，小兽吃了，走不了几步就昏倒。阿旺就常常叼了昏迷的竹鼠、野兔什么的来。

往食物里掺个少许，人吃了，容易入眠，睡得实。

季米心急如焚，两个受伤的后生无人照顾，且一天粒米未进。季米就想到这个办法。他想，得用这个办法。

千草说得没错，这些人不是善茬子，都是不好惹的主，凶狠狡猾，笑里藏刀。你看，不动声色，说住几天，说得那么自然，一脸的笑，和蔼可亲，可心里却有把尖刀。季米是个厚道人，他总把人往善里想，但杨太方那么郑重其事地说他们会杀人，他不得不认真对待。

季米熬了粥，等粥快要熬到八分熟时，他把手心的那撮末末掺入粥里。季米想让宽田和几个"客人"沉睡，他要给千草和杨太方送吃食。

"客人"说要在这儿多住些日子，季米只能这么做，不然，洞里的两个瘸腿可怜后生就会被饿死。

季米听到棚寮里鼾声四起，此起彼伏，他小心下了床，还在黑暗中蹲趴了好一会儿，确认几个人没有动静，才到热灰堆里刨出几块煨薯，摸黑去了洞子。

季米当然不能点火，但他凭感觉就能找到那地方。

洞里两个后生已经饿得一身绵软，接过季米送来的煨薯，各自狼吞虎咽一番，只听见煨薯在他们的牙缝中挤压的声响。

"他们说住些日子。"季米对千草和杨太方说。

"我说了吧，"杨太方说，"那是个狠人、狡猾的人。"

季米说："领头的的确是个矮人，矮墩墩的，还没个灶台高。"

杨太方说："就是他，潘和详。"

"今天我好不容易脱身给你们送吃的……"

千草说："也许三两天没看出什么，他们就走了。"

杨太方说："没那么简单。"

季米说："怎么呢？"

杨太方说："潘和详早看出点什么了，不然他不会说住几天。他这么做就是逼人就犯。你能饿几天吗？自己就现身了。"

"阴险狠毒。"千草说。

季米说："放心，饿不着你们。我会想办法。"

季米虽老实厚道，但常年在大山深处过日子，要应对各种困境和意想不到的问题，他得想办法，想办法脑壳就用得多。比如今天，这关键时候，季米灵机一动，在粥里掺上那粉末。

"也不能怪我嘛。"季米想。

"我没办法嘛。我不想死人，就只有这么条路可走了。"季米想。

"你们就多睡会儿，睡得沉实也没什么不好，就歇个彻底了，对身体好。"他这么想。

天快亮了。季米说："我得走了。"

季米离开洞子时说："你们别急哟，都伤成这样，还得在这地方受苦，造孽哟……"

"不急。"千草说，"那帮家伙还真像木桩，打在那地方就不走了！"

杨太方说："潘和详可不是一般的家伙，可得格外小心。"

季米说："我会的！放心。"

但季米还是想得简单了些，杨太方说得不错，潘和详可不是一般的家伙。

第二天，一切很顺利，季米看着潘和详三人，也并没什么异样。宽田叨叨着和五灿、津万说着话，东拉西扯。五灿和津万似乎很愿意和宽田这样，他们总是逗弄宽田，拿宽田恶作剧。宽田没什么，他很开心。

潘和详都看不下去了，说五灿和津万："你看你们损人家宽田，小心以后生个崽没屁眼！"

季米倒并不在意，他想，宽田开心就行。他对五灿和

203

津万说："没事没事，宽田听不懂，不碍事。"

又相安无事地过了一天。半夜，季米又去了洞子里。

"你们看，没事吧？你们再苦个一两天，他们待得无聊就该走了。"

杨太方说："总之你要小心！"

季米说："我会小心的！我回了哇！我困了！"

第八章

一

季米有了纠结

日头升起老高，潘和详粘眉糊眼地下了床，他往那边看，那堆炭火旺旺，锅里在煮着什么。季米在那忙碌，夜里没睡好，脸现疲惫。

潘和详走了过去，用瓢舀了瓢水，漱了漱口，又洗了把脸。他缓步走近季米，看了看季米的脸，好像季米脸上有什么东西，让他格外关注。

"日头都这么高了？"潘和详看了看天，对季米说。

"那是！先生你们睡得很沉。"

"就是！多少年我没睡过这么好的觉了。"

"你们都累了，走山过岭的，累人，看山走死马嘛。"

205

"哦，季米你成天忙，你也累……"

"我是苦命，惯了哟。"季米说。

"五灿和津万也睡得死死？"

"你们扯呼噜。"季米说。

"你听到我们扯呼噜？我睡时看见你睡着了。"

季米心里咯噔一下，这确是个狡猾的家伙，他嗅出什么来了吗？

"我起来屙尿听到的，喝了粥，尿多。"

"我也尿多，睡得太死，早上一泡尿扯了像溪。"潘和详笑着说。

季米"哦"了一声。

潘和详说："这么样会憋坏人的，我家邻舍就是叫尿憋坏的。"

又是黄昏时候，宽田给火里加了炭，季米要往锅里倒米注水，被潘和详叫住了。

"我说季米呀，今天再也不能喝粥了，我吃煨薯。再喝粥，又睡得死死，憋了尿，真会憋出事来的。"

"是哟！"五灿说。

"就是！不喝粥了。"津万也说。

季米没法煮粥了，就是煮了那几个家伙也不会吃，但不煮粥就没法下山茄子花末末。

那个夜晚，季米心里不断地在纠结。瞌睡早就涌上来了，可他却睡不着。他想，要不要去给洞里的人送东西？其实吃食倒不是十分着急，前两天，季米给两个后生多备了些薯，但不能太多，就是放木匣里、石头堆里，待两个后生睡了——他们总不能不睡觉吧——洞里的老鼠会有各种办法，也用不了多少时间，就能把薯给啃了、咬了。

天黑的时候，季米是暗暗地给杨太方弄了些药的，敷在伤腿上的那药得添东西。

但谁知道自己是不是真让潘和详看出什么破绽来了？他们没吃那种迷药，说不定他们正盯着自己。

但季米还是决定试试。

又到了那个时辰，那边的呼噜声响成一片。宽田的自不必说，呼噜声最响。季米侧耳倾听，另外三人的呼噜也很明显。

季米就把决心下了。

他小心地摸下棚寮，往黑暗里走，走走，停了下来，蹲在草丛里。

　　果然，他听到了响动，看见两个影子出现在不远处。

　　季米站了起来，把那两人吓了一跳。

　　"你把人吓坏了！"津万说。那时候他和五灿手里都端着打开机头的匣子枪。

　　"你看你！我又没想吓你们。"季米说。

　　"谁知道你会在这？"

　　"我也想不到你们这时候会来这。"

　　五灿说："我们尿急，我们……"

　　季米说："我屎急！"

　　津万划了根火柴，还真往四下里看了看，没看到他们想看到的东西，看到的真是一泡屎。不看没什么，一看就闻到一股臭气。他们赶紧把鼻子捂了。

　　五灿说："你还真屙屎呀?！"

　　季米说："你看你这人，不屎急我半夜三更到这地方？"

　　"哦！"

后来，他们就都睡了。季米知道潘和详已经有所怀疑了，肯定留意着夜里的动静，他们三人轮流着睡，守着。

季米当然不能再半夜摸黑给千草和杨太方送吃食了。他想，好在他那天多弄了些薯，坚持一天两天的没有问题，但潘和详与那几个家伙真就黏在这不走啦？

季米很着急，但瞌睡水一样漫过来，他睡了过去。

五灿和津万扑了个空，这是潘和详没想到的。看来，自己小看这乡下人了。前两天的"鼾睡"，无疑有缘由，想必是这男人在粥里做了手脚。没喝粥，就没个事；喝了，就睡成了猪。

那两个夜里，这男人肯定玩了名堂，往什么地方送了吃食。

潘和详想："既然不再被迷醉，既然你季米这种伎俩行不通，那我看你怎么把戏演下去？"

潘和详很淡定，他往蜂箱那边走，看到季米父子在割蜜。

季米说："你看先生你来这地方？"

"看看，我看看。"潘和详说。

"这有什么好看的？"

"没看过，从没看过。没看过就觉得新鲜。"

"哦。"

"一窝蜂一年能割多少蜜？"潘和详问。

"看年成，和种地一样，每年都不一样，春里雨水多，花开得少，蜜就少。"

"哦。"

"看花，有时春来得早，花也开得早，蜜就多。"

"这也是学问。"

"鬼！养蜂有什么学问？花多就蜂多，蜂多就蜜多。"

潘和详看了看四周："这里花多？"

"你看你这么问，当然啊！春里你来这里就知道了，满山遍野的花，五颜六色，大朵小朵，像有神仙把世上的花都弄到这里了，你看不过来，你也数不过来，千种万种，说不出名堂。那个季节，一到这里，感觉就不一样，蜂儿不想走了，我也不想走了。花一片一片地开，那些颜色往你眼睛里涌嘛。蜂啊蝶的，就绕了鲜花飞。"

"哦哦！"潘和详似乎也被季米的描绘吸引。他觉得眼前一片灿烂。但很快，他眼睛眨巴了几下，那些美好瞬间消逝。

潘和详往四周看了看，他看见那簇花了，他走过去，折了几枝。

"这花像喇叭，你看它多像喇叭。这是喇叭花吧？"潘和详拿着那束花在季米面前晃了晃。

季米说："哎哎，这东西别乱碰！"

潘和详笑着说："这是花哟，也不是开在路边，路边的野花莫乱采，这是山野里的花……"

季米说："那是山茄子，有毒，能毒死一头牛。"

"噢噢！"潘和详眼睛瞪得老大，"看不出来呀，这花多漂亮。"

"毒东西外表都好看。那些菇子，春里那些好看的菇子，十有八九是毒菇。"

"噢噢！"潘和详又夸张地"噢"了几声。显然，潘和详是故意的。潘和详知道这种叫曼陀罗的植物，特训班里学过，许多野外生存的知识，他们都有所涉猎。潘和详想，看来这个男人就是在粥里掺入了曼陀罗的花瓣末末，少许的花瓣末末不至于要人命，但可以致人麻醉，一睡不醒。

潘和详把那束花丢了："有毒哟，说不定碰了会烂手，是吧？"

"也没那么厉害哟。不能入肚，吃多了要死人。"季米说。

潘和详脸上波澜不惊，他一直那么笑着。季米没感觉出潘和详有什么异常。

"我洗洗去！"潘和详说。说着他往溪边走去，那道溪水从高处扯下来，在浓绿中现出一道曲折白线。潘和详蹲在溪边就了水流洗了洗手，又捧起把水洗了下脸。那清凉的水让潘和详顿时神清气爽。他抬头往四下里看了一遭，目光特别在那半崖地方停留了片刻。千草和杨太方藏身的洞子就在那半崖上，难道潘和详嗅出什么来了？当然不可能，但那举动还是把远处的季米吓了一跳。

二
宽田举着那支匣子枪跑出老远

宽田注意到那两个背篓了，背篓里装有米，还有几样东西。但背篓里还有一样东西让宽田牵挂着。那天潘和详跟五灿和津万说："你们去周边仔细看看。"五灿和津万出棚寮前都翻着自己的背篓，宽田看见他们在篓底掏出个布包，打开，抽出了一样东西别在腰里。

就那一闪间，宽田看到了，是千草哥常拿出来给他玩会儿的东西，千草哥说那是匣子枪。千草把机头扳开，匣子枪里没子弹，但千草扣了下扳机，匣子枪发出嘭嘭的撞击声，宽田觉得很好玩。

从那以后，宽田就知道那叫匣子枪。那些人都有，只是不让他动。除了千草，别人都把那东西藏了。你看，这些人不也藏着掖着？

宽田就惦记上了那支匣子枪。

潘和详在睡觉。宽田不知道这个小个子今天怎么大白天的呼呼大睡。他不知道这个小个子昨晚一晚上没睡，一直盯着他爷季米。这个小个子一夜没睡，一早就困得不行，睡成一坨软泥。

五灿和津万有些无聊，就站在棚寮前四处观望。他们看见阿旺叼来只竹鼠，季米把那只竹鼠放进笼子里。后来，又看见阿旺叼来一只。阿旺那么来来去去，从竹林里一连叼来三只。更新奇的是，那几只"死"去的竹鼠在笼子里待了会儿，竟然活了过来。

五灿和津万不由得有些好奇。

五灿说："这狗本事大，我们那的狗捉不到竹鼠。"

"哦！"季米应了一声。

"好本事。"

"阿旺常常弄了荤腥来给我和宽田打牙祭。当然，它自己也有美味。今天，我让阿旺给你们弄几只尝尝。"

"我去挖些野葱和野姜。"季米对五灿和津万说，"就回！我就回！"

五灿和津万觉得心里痒痒的，他们对那只黑狗叼来的竹鼠充满好奇。五灿对津万说："看看去？"

津万点着头："看看去！"

他们跟在黑狗身后，去了那片茂密的竹林。

现在，就宽田一个人了，他"嘿"了几声，潘和详翻了个身又死死地睡了过去。宽田就放心地去了那个角落，摸到那个背篓，从篓底掏出那布包，拿出那支匣子枪。

宽田很兴奋，他举着那支匣子枪跑出老远。

后来，他听到有人嚷嚷了，黑狗窜出林子，嘴里叼了只竹鼠。叫声是五灿和津万发出的。他们觉得很神奇，被黑狗叼小兽弄得亢奋异常，追着阿旺嚷着。

宽田慌神了，他来不及把那支匣子枪放回原处，就随手放在石缝中，用枯枝盖住。

潘和详也被五灿和津万的大呼小叫弄醒了，他坐起来，揉着眼睛，看见季米从黑狗嘴里接过竹鼠放进竹笼，竹笼里还有几只竹鼠在蹦跳。

"哦！阿旺还有这本事？"潘和详说。

季米笑笑。

"这狗真神了，好厉害的身手。"

"弄几只野物给你们打牙祭。"季米平淡地说。

一口锅架在火上，锅里煮了竹鼠肉，那种清香随热气蒸腾，让潘和详吸了吸鼻子。他突然想喝点酒，他感觉到事情就要成功了。几天过去，藏身附近的人无论如何也挺不住的。

"我看到棚寮脚架那有个坛子。"潘和详跟季米说。

季米想，这家伙比狐狸还精明。

"是酒吧？我看是陈年老酒。"潘和详说。

季米说："是酒哩！"

管威虎那回离开，把一坛子酒留了下来，是留给千草疗伤的。

潘和详说："喝酒，咱有肉，喝点酒？"

"哦！"季米含糊地应了一声。

津万说："你看你，一点都不爽快！我们给钱，又不是不给钱！"

五灿也说："就是就是，又不是不给钱！肉和酒，我们都给钱！又不白吃你的。"

季米点了点头。他还能怎么样？现在他一直焦虑的是怎么给千草和杨太方送吃食。十万火急，已过去两天，洞里两人一定饿着。这几天夜里，潘和详、五灿、津万显然轮流在监视着棚寮里的动静。

他们还喝得进酒？季米想。

他突然又想，这几个家伙万一喝得高兴，把不住那三张嘴，喝得醉了，自己不正好见机行事？

季米知道这不大可能，但他们要喝就让他们喝去。

季米把那坛酒搬到场坪上："你们喝，想喝就喝！"

肉已煮得恰到好处，那坛子也被津万开了封，酒倒到各自的碗里，才说干杯，就那时候，阿旺吠叫起来。

三
这计划行不通

杨太方和千草不知道洞外发生了什么事，但季米两天没见踪影，千草就知道问题很严重。千草说："季米叔没来，按说没什么意外情况他不会不来。"

杨太方说："我早说过，潘和详是个狡猾的家伙，一般人不是他的对手。"

千草说："我看看去，你别乱动。"千草爬到洞口，

218

小心地拨开草往下看，半崖下方，季米和宽田在那忙碌。

千草回到杨太方的身边说："季米和宽田没事，看来夜里是被人盯住了出不来。"

"没吃食了，就是有水也撑不了几天。"

千草指了指洞的黑暗处，就是白天，那里也传来老鼠的"吱吱"声。夜里就更不用说，鼠群不怕人，就在他们周边肆无忌惮。

"你说有老鼠？吃鼠？！"杨太方睁大了眼睛对千草说。

"是呀！要活命。"千草说。

"又没火，就是有柴草、火种，也不能烧火。"

"当然不能烧！一烧出烟，那是自我暴露。"

杨太方在昏暗中看千草的脸，看不真切。他还是那么盯了一会儿，出气粗起来，说："鬼哟，你说生吃？你不会说生吃老鼠的吧？"

"不生吃又怎的？"千草说。

"我吃不了。生东西，还是老鼠，我怎么吃得下？"杨太方蔫着嗓音说。

“到时吃不下你也得吃！”

“我不吃！”

“你现在饿不？”千草说。

千草要不说，杨太方还没觉得那么严重。人早就饿了，饿得身子软绵无力，眼冒金星。现在千草一说，肚子里就翻江倒海的了。他抓过瓢，舀了瓢水，咕噜地喝下肚去，但没用，好像灌下去几十只手，在他胃里抓抠着。

杨太方痛苦难当，咳了两下。

千草知道杨太方要说话。

“你少说话，说多了消耗体力。”千草小声说。

杨太方说：“我想说，我憋着更耗神耗力。”

“唉！那你说吧！”

杨太方却没话说了。两人沉默了很久，想必洞外的天已黑下来。洞子里老鼠在乱窜，它们要出洞觅食。

“你看，你又不说？”千草说。

“我忍着。你说得对！”杨太方说着，便听到角落里老鼠的一声惨叫。他知道千草又施展那本事了，循声掷石。

“你打着了！”杨太方说。

"其实没什么，这地方的老鼠没见过人，不怕人，加上成群地来去，往声音那扔石头，不难打中一只两只。"

"你真的吃生鼠肉？"杨太方说。

千草没吭声，他摸出匕首，往那方向摸去。很快他爬了回来，塞给杨太方一团黏湿的软乎乎的东西。杨太方知道那是鼠肉，老鼠已被千草剥皮去内脏，成了带有余温的鼠肉。

杨太方试着往嘴边递，胃里就有东西在翻腾。那股腥味让他不堪忍受，他终于呕吐起来。

他听到千草嚼食食物的声音，千草的两排牙齿在忙碌中发出热烈的声响。

"你看你！你看你们！"杨太方说。

"你不吃你只有等死。"

"你看你这么说，你就是能把老鼠当点心，你也……"

"你说什么？"

"潘和详不会死心的，他肯定看出点什么了，他赖着不走。"

"这狗东西！"

"他肯定知道了一切。有一点蛛丝马迹，他就能判断推理，鬼得很。他对一切已经了如指掌，他坐等我们自投罗网。"

"鬼！"

"潘和详肯定就是这么想的，他把你当玩物，他是个狠家伙。"杨太方说着，突然黑暗中，千草触碰了他一下，给他塞过来一个东西，是团薯。杨太方没想到千草还能留下一个团薯！他真没想到千草竟能留有团薯。杨太方很感动。谁愿意生吃老鼠？千草也不愿意的，可他却把那个团薯留给了别人。

"你不吃点东西不行的。"千草说，"你先吃点，车到山前必有路。"

杨太方接过那个团薯，嚼着。

"睡吧！"

"我睡不着。"

其实千草也睡不着，强忍着吃生鼠肉，胃里也在闹腾，但他忍了。千草知道，与潘和详的较量不仅是在战场上真刀真枪地干，而且还在暗地里的每时每刻。

但有一点，杨太方说得没错，要是棚寮里那三个家伙住上个十天半月怎么办呢？总不能天天吃鼠肉。再说山鼠精明得很，这么弄它们就有警惕了，不往这边来了，他再有本事也猎不着它们了。那怎么办？

他不得不想这个问题。

他想了一晚上，想出个主意。

天亮时，杨太方看见千草坐在微光里。

"你看你一夜没睡？"杨太方对那团模糊的影子说。

千草说："我想了一晚上。"

"什么？"

"你说的潘和详那家伙的事呀。你说他不会走，他会赖着跟我们耗时间。"

杨太方说："你说我们？"

"是呀，你，我，还有季米和宽田。"

"你昨天还跟我说'你们'。"

"现在是我们。"千草说。

"哦！"杨太方觉得内心有股暖流在激荡，他不知道为什么，千草把他当自己人了，至少在心目中，将他和季

223

米、宽田一样视作朋友。

千草把身子向杨太方靠近了些："我想出一个主意来了……"

"有好主意？"杨太方问。

"只有这主意了，只能这样。我们不能看着季米父子那么好的人受牵连是不？不能看着他们丢了性命是不？他们什么都不知道。他们是被卷进来的。"

"那是！"

"不能让他们丢命。"

"说说！你说说你的主意！"杨太方说。

千草就把自己晚上所想和具体计划都告诉了杨太方。

"你爬出去，你喊，你装作挣脱绳索逃出洞子。"千草说。

"你看你？"

"我是认真的。你那么一喊，他们就会找到洞口来。"

"那又怎么样？"

"你说我在洞子里。"

"叫我做这事？你说笑的吧？叫我出卖你？！"杨太

方生气地说。

千草一点也不像说笑，他语气很认真："他们想活捉我，一个人进洞肯定难以拖人出洞，至少两人，如果三个家伙都进洞子更好……"

"怎么？"

千草掏出一样东西，杨太方没看清，但他知道是什么，是那枚手榴弹。杨太方明白千草要做什么了，千草要和他们同归于尽。

"你疯了？"

"那还能怎么样？总不能害了季米和宽田。"

"你以为呀？"

"我以为什么？"

"潘和详不会上当，他精明得很！你以为你待在洞里不出来，他真会叫五灿和津万去洞里拖你？"

"我不出来。"

"你不出来，他会想办法逼你出来，比如往洞子里灌烟，熏老鼠一样熏你。谁能受得了？谁也受不了的。"

"熏死我也不会出来，更不会投降。"千草说。

杨太方想："多机灵聪明的一个后生，也真有迷糊的时候。熏死了还弄什么呢？季米不想死人，我们都不想看着死人，但你千草就是以性命一搏，又能换来什么？还是死人，死的是你千草。其实你死了，季米、宽田也活不成。"杨太方心里还有最大的顾虑，他想："如果这么干，我真的成出卖你千草的人了。我就说不清了。你不能这么干，你是陷我于不义，我杨太方不是这样的人。你让我去举报你，那季米会怎么想，甚至宽田都会知道并且坚信是我出卖了你。我跳进黄河也洗不清了。我在他们心目中就是个坏人、恶人、卑鄙小人。你让我怎么面对他们？你让我怎么活？"

　　千草的计划肯定行不通，一定是竹篮打水一场空。

　　杨太方还是有些感动，虽说千草的计划不切实际，行不通，但这个同龄人还真的是愿意为季米父子牺牲性命，也为了他所追求的舍生取义。扪心自问，自己能做到这样吗？根本不可能。

　　"亏你想得出！"杨太方对千草说。

　　"什么？"

"你那么做救不了大家，只会白白赔自己鲜活的一条命。"杨太方说。

　　"这么活着比死了好不到哪去。"

　　"好死不如歹活嘛。"杨太方说。

　　其实杨太方这么一说，千草也觉得他说的有道理，事情瞬息万变，不是谋划了就每一步都能按所想所思进行，随时都可能出现状况。万一计划落空，潘和详就是不上钩，真用烟熏洞子，自己的命是小，却彻底连累了季米和宽田。潘和详肯定不会放过他们父子，他们的命也保不住。

　　这计划行不通！

第九章

一

有人来了

那时候，立五正带着几个人往这方向来。因为一路上情况复杂，他们耽误了些日子。先前苏区的地盘，这些日子改了颜色，成了国民党的天下。白方大军压境，步步为营，到处可见白方的人马。立五他们不能冒险穿过白军的防线，只得绕远路，在深山里走。

那几个汉子走得满头大汗，气喘吁吁。

"哎哟哎哟，何时是个头哟！"甘三说。

"早哩，还早哩！"立五说。

巩树年说："歇歇，骨头都走散了。"

立五说："首长下了命令，必须在初八之前将那批食盐找出来并运到指定的地点。"

刘大吾摇着头："我们急行军也没这样子走过，骨头都要走散了。"

立五说："那时候还有人看不起我们执行队，说我们不在前线拼杀，在大山里走，整天看风景，现在晓得了吧？"

刘大吾脸黑了："你看你？又不是我们说的！你看你弄得好像我们说过那话似的。"

立五想"你们没说过但不代表心里没这么想过，我敢肯定你们这么想过"，但他没说出来。立五说："那就歇歇吧！"

他们坐在林子里，立五取来水，他们吃着干粮。

"还有多远？"刘大吾问。

"翻过这座山就到了。"立五说。

"那就好！"刘大吾说。

"那天黑前赶得到？"巩树年问。

立五说："赶得到。不必天黑，我看走快点，能到那吃午饭。季米那有好东西打牙祭。"

"哦?"

"你看你'哦'?看样子你不信!"立五说。

巩树年说:"这穷乡僻壤的荒野地方……"

"季米那有蜜,上好的蜂蜜。"立五说,"再说没听过那句话吗?靠山吃山。山里好东西多了,要不人家说山珍海味?"

"哦!"

"你又'哦'!季米好本事,竹鼠、野兔什么的手到擒来,如囊中取物。"

"看你吹的!"甘三说。

"眼见为实!"刘大吾说。

立五笑了,说:"眼见为实,说得不错!不久你们就知道了。"

后来,他们又开始了急行。几个男人吃了些东西,而且知道就要走到目的地,劲头比先前足多了。

他们又走了好长的一段山路,看着日头就要移到头顶正中。

大钵里盛着的是竹鼠肉。

230

季米放了各类佐料，慢火炖熬。坛口封了厚厚的泥，封得紧紧的，点了松毛，然后用柴屑末末把坛子埋了，那火就不是明火，是暗火，也叫文火，火慢慢渗燃。这是乡间秀才的说法，说文火细烟，说温养水活，意淡息微。这些，季米他们全不懂，但乡间农人从古至今都知道这种美食的制作方法。

季米说："给你们打打牙祭。"他叨叨地说着这种美食的制作方法和味道。可季米不知道，潘和详精通厨艺，这一切他都知道。

可季米心里却想："好酒、野味，你们尽情吃喝，最好是一醉方休。醉了我才有办法，醉了我才能给千草和杨太方送急需的东西。"

季米想得太简单了。他很快就发现那是妄想，他看见潘和详在自己要用泥封坛口时，从坛子里抓出块肉，丢给阿旺。

"阿旺劳苦功高，得先犒劳它哟。"潘和详说。

季米知道这家伙的意思，他是想让阿旺试尝，看有没有在那坛东西里下"蒙汗药"。

"鬼，这家伙真鬼。"季米想。但他脸上不能表现出来。他装作没看见，只顾着忙里忙外。

文火细烟，那么炖熬了一整夜，埋住那坛子的柴屑渐渐变成了灰，坛子就露了出来。

中午时分，季米说："差不多了，我看熬得到时候了。"

大家围坐在场坪里，天气不错，有风穿林而过，那棵大树下非常凉爽。

季米走近坛子，三个男人都专注地盯着季米那双手，季米拿起柴棍，把坛口的干泥敲了。

一揭坛盖，香气逼人。

季米给三个人碗里舀了些汤和肉，说："你们尝尝，好吃哩，你们在城里吃不到这美味。"

潘和详三人喜笑颜开，他们举起筷子，想在碗里拈起块理想的炖肉，然后举起桌上自己跟前那碗酒，美美地开怀痛饮一场。

三个人都这么想，连季米都这么想。这些日子，季米觉得身心疲惫，他举起了碗，说："喝！"

232

大家正把酒举到半空中，阿旺突然就把耳朵竖了，神情似乎紧张起来，朝着南面山谷方向叫了几声。几个人的胳膊都悬在那了。

季米和宽田都往那方向看去，宽田嘴里支吾着，"哦哦"了几声。

季米说："有人来了！"

潘和详说："什么人？"

季米说："不清楚！"

五灿说："你别跟我们玩名堂！"

季米说："谁知道呢？来人又没现身，你看到了？你们谁看到了？"

说着，季米扭过头，却看见潘和详与五灿、津万早放下手里的碗和筷子，聚拢在棚寮前轻声说着什么。很快，三个人迅速地进了棚寮。

又很快，棚寮里发出津万的惊喊："枪！我的家伙呢？"

潘和详跑了出来，冲到季米的跟前说："你动过我们的东西？"

季米摇了摇头，四下里张望着。他有种不好的预感，

233

是宽田，没有别人，肯定是宽田动了这帮家伙的东西。

季米没看见宽田。那时季米便预感到有什么事要发生。

"宽田呢？"季米一脸的呆木，怔怔地问潘和详。

五灿说："对呀！宽田呢？你还问我们，问你呀，他是你儿子！"他拈起一根绳，很麻利地把季米的手反绑了。

狗叫得更厉害了，潘和详看了看，掏出匣子枪，指了指山谷两边的高地，对五灿和津万说："快！"

潘和详押着季米往右边的山崖去，五灿和津万则去了左侧的山谷高处。他们很老练，迅速地占据有利地形，隐蔽了起来。

二
那声爆炸来自千草的那枚手榴弹

立五和那几个男人正往棚寮方向走来，显然，他们也听到了阿旺的叫声。

立五说："那是阿旺，一条好狗，季米、宽田养的狗。"

他们对棚寮这边的情况一无所知，毫无防备地行进着。突然，立五看到宽田了："你们看，那是宽田！"然后，立五朝那方向喊："哎！宽田！"

那边，宽田听到有人喊他，他很响地应了一声。他站起身，认出是立五。

立五的出现，让宽田惊喜亢奋了，他突然蹿身起来，朝棚寮方向跑。

宽田喊着叫着，手高举着，手里握着的正是那支匣子枪。机头张开，鬼晓得宽田竟然知道打开匣子枪的机头。当然，那是千草教的。千草曾经拿出下了弹匣的匣子枪给宽田玩，告诉他打开小机头，再扳开大机头，就能打枪。

宽田玩多了就记住了。这时，他把大小机头都打开了，亢奋异常，手舞足蹈。

山谷的两边，三个人已经隐身草丛。在一块大石头后面，潘和详已经埋伏好了，他举着手里的匣子枪，一动不动地瞄着那个方向，只要有人出现，那颗子弹自会找准地方。潘和详对自己的枪法很自信，在特训队，他是高手。

出现在他视野里的是宽田。宽田跑出树丛，出现在场坪的另一端。宽田握着那支匣子枪，举着，挥着，奔跑着。

"砰！"突然爆出一声枪响，不是潘和详开的枪，也不是五灿。潘和详看清楚了，是宽田扣响了那支匣子枪，匣子枪枪口冒出淡淡的烟。

那声枪响让立五等人立住了，他们听着枪声在山谷里回荡，立即警惕地蹲了下来。

他们看不见树丛那边的情形，但有人看得一清二楚。潘和详、五灿和津万，他们都目不转睛，盯着宽田。

在另一处，也有人盯着奔跑着的宽田，是千草。

枪声也把洞子里的千草和杨太方惊动了。

千草说："有人开枪！"

"为什么开枪？谁开的枪？"杨太方说。

"我看看去！"千草说。

千草爬到洞口，那里地势很高，从上往下看，下面的情形一目了然。他看到举枪奔跑的宽田，寻思着到底发生了什么事。宽田开的枪？他为什么开枪？千草想。

那边，宽田还在亢奋地奔跑着，他不知道不远处，有人正端着枪瞄准了他，枪口随着他的奔跑而移动着。

终于，那根手指扣动了扳机。

宽田应声倒下。

立五他们几个人没看见宽田倒下，他们只是又听到了一声枪响，但有些眼睛却真切地看到了那一切。

千草看见，五灿和津万就埋伏在洞口下方，他们全神贯注地盯着谷口动静，准备在那打一场伏击战。千草很快就发现了对面草丛中的潘和详与季米。季米似乎被人反绑了两只手，蹲在那块大石头后面。

宽田中枪倒地的刹那，季米呆了傻了。此时，他从惊悸中缓过神来，哇地哭了起来。

季米哭着："潘和详！你打死了宽田，你收了我儿子的命，是你开的枪，你开枪打死了我儿子宽田！"

潘和详说："是我开的枪。你没见你儿子手里有枪？"

"他有枪是有枪，可他不会杀人。"

潘和详说："宽田开枪了，你也看到的，他开枪了。"

"他开枪是开枪，可他不会杀人。"

"谁知道？"潘和详那么说。

"什么？"

"枪是用来杀人的！"

季米说："我儿子不会杀人！"

潘和详不再理会季米，他专注地盯着谷底溪边的那片灌木丛。有人从那边射来子弹，显然，那是立五。立五他们虽然人多，但处于劣势，敌人隐蔽在高处，且经验老到，身手不凡，显然是几个训练有素的家伙。虽然只有两支枪，但他们占据了有利位置，居高临下，守易攻难。

突然，潘和详看见那地方有片树枝在动，他把枪口对准了那个方向。

甘三想探头看个究竟，一声枪响，就应声倒下了，那颗子弹正中他的眉心。

立五几人聚拢到了一起，立五说："狗东西枪法很准。"

巩树年说："不是一般的角色。"

"怎么办？"刘大吾说。

立五说："情况不明，也许千草被他们挟持了，千万不可鲁莽草率。"

立五的话，他们当然都明白，对手非同一般，牺牲性命是小事，万一千草出了意外，那取盐的重要任务就没法完成了。

"可这么僵持着总归不是个事。"刘大吾说。

立五知道刘大吾说得在理，这么僵持着，也不知道最后是个什么结果，但鲁莽冲出去，对方又是高手，子弹长着眼睛，还会有人白白牺牲。何况，千草很可能在敌人的手中，硬攻，敌人很可能对千草下毒手，一切就都付诸东流了。

立五觉得身上湿乎乎的，那是汗。身边的虫噪蜂鸣，风声鸟啼，全成了一种嗡响。那些花草树木，也没了往常的秀美，看去全是糊糊的一团浆浆。

潘和详那一枪放倒对方的一个人后，他就一直瞄着那个方向，要有人再敢探头，一定会有同样的结果。他很亢奋。他想，好久没这么干了，得练练手。他这枪不是吃素的，得有"荤腥"，有日子没沾"荤腥"了，让它多吃点

"荤腥"。

季米一直没断了叨叨，话像水一样从他嘴里流出来。"他疯了哩，他一定是疯了。"潘和详想。

"你真是个狠毒的人，你把我儿子打死了。"这句话季米一直念叨了无数遍。

潘和详想："季米啊，你太单纯了，单纯得有些蠢。"潘和详只想把季米当人质，万一有个什么情况，人质在手，他便于想办法脱身。

"杨太方那后生说得没错，你们是些心狠手辣的人！你们是鬼，不是人！"

潘和详听到季米说到杨太方这个名字，回过头愣愣地看着季米。

"这么说杨太方一直在你这儿？"潘和详问。

"他在我这儿。我知道他是你徒弟，但他不像你，他不是你们这种人。"

潘和详站了起来："他在哪儿？"

"我不会告诉你的！"

潘和详把匣子枪枪口对准了季米，他的脸黑着，一脸的凶狠，凶神恶煞一般，说："你不告诉我，那就是个死。"

"死就是！我不想死，但我不怕死！我儿子死了，我跟了他去……"

"人死灯灭。"潘和详说。

"你来，你往我身上来一枪！我知道你会下手，你杀过不少的人，你杀人不眨眼！"季米说着，把眼睛闭上了，但很快就又睁开眼，怒视着潘和详。这时，他真的不怕死。他想："你潘和详说得对，你把我儿子宽田杀了，我也没什么活头了。你来，你朝我开一枪，人死灯灭，我就什么也不想了，但我死也得死出个样子给你看。"

潘和详看了看季米，觉得那男人面对他的枪口真的毫无惧色，那一刻他突然感觉惊惶失措，也感觉丧心病狂。他往扣着扳机的那根手指上用着力气……突然，"轰隆"一声，巨大的爆炸让他走了一下神，他扭头往那边看。

就那会儿，季米突然冒出个念头，他使出浑身力气，用头猛地朝潘和详撞去，矮小的潘和详被愤怒的季米撞出老远。那支匣子枪也像只黑鸟从潘和详的手里飞了出去，飞到了崖下。

241

那声爆炸来自千草的那枚手榴弹。

千草在洞口观察了一会儿，很快了解了下面的情况。他看见潘和详他们老练狡猾，占据了有利地形。

千草听到了那声喊，那是立五的声音，他堂哥的声音。千草知道隐蔽在树木之后的是立五，一定是立五带人来接自己了。但千草也知道立五面临的危险，他看了看，立刻知道自己该怎么办了。

他掏出那枚手榴弹，拉了引线，往崖下扔去。

崖下的五灿和津万被突如其来的爆炸炸翻在草丛里。

那声巨响，也让潘和详分神了，季米就趁机有了行动。

那声巨响，也把正无计可施、急得火烧眉毛的立五弄懵了。

那声爆炸后，一切都沉寂了下来。立五等人在草丛里趴着，听到有人喊"立五"。

"是千草！"立五说。他蹿了出来，看见崖坡上的千草。千草喊着他的名字，指着另外一个方向。立五立刻奔

了过去。那时，季米正和潘和详扭打着，虽然季米高出潘和详一大截，但季米的手被绑了，且潘和详受过搏击训练。两个人缠斗着，要不是立五及时赶到，季米凶多吉少，命悬一线。

三
季米在那地方种上了这些花

立五和同伴迅速地冲到那地方，形势万分危急。立五几个到时，季米正被潘和详压在身下，潘和详凶狠地掐住了季米的脖子，季米的脸已成黑紫。立五冲过去，力图掀翻潘和详，但潘和详两只短手像铁钳一样紧紧勒住季米的脖子。

立五拈起块石头，朝潘和详的头上砸了一下。

潘和详的手掐得死死的。

立五又砸了一下。

潘和详那手还是没松开。

立五一连砸了几下。

潘和详那十根手指才抽搐了几下，但依然没有松开。巩树年和刘大吾走过去，下力气掰，才掰开那两只手。

季米平躺在草地上，好半天才长吐一口气缓了过来。

"季米，你没事吧？"立五说。

"立五是你？"

"是我！"立五说。

季米坐了起来，看见血肉模糊的潘和详。他目光有些呆木，眼眸里一团糨糊。

"你把他打死了？"

"他不死你就得死，狗东西两只手像钳子样，再有那么点耽误，他就把你掐死了。"

"你看你把他杀了！"季米目光依然呆滞地说。

"他该死！狗东西把宽田杀了！"

"杀了杀了……宽田死了，姓潘的和他的两个手下都死了……"

"他们不死，你就得死，千草还有我们可能都得死……他们把宽田和甘三杀了，还想杀了我们。"

季米没再说话，他坐在那儿，垂着头，虽看不见他的双眼，但他的眼里一定还有混浊。

那边，巩树年背着杨太方，刘大吾搀扶了千草，从崖坡那慢慢地走下来。千草和杨太方都想跟季米说句什么，可两人都没出声。

他们把宽田和甘三还有潘和详及五灿、津万埋了。埋宽田的时候，杨太方坚持要去，没办法，立五背着他去了那地方。

季米和千草哭得很伤心，杨太方也哭得很伤心。

杨太方说："宽田答应我，等我伤好，去看他的那些蜂的。"

季米说："我带你去看吧。"季米背着杨太方在周边走了一遭。

回来后，杨太方对千草说："千草兄弟，你骗了我？"

千草很诧异，抬起头，睁大了眼睛看着杨太方。

"你说这地方叫米田，深山老林，一亩田都没，只几片菜地，叫米田？"杨太方对千草说。

千草说："我说笑的，你看你还当真了？"

后来，他们忙碌了一整天，把宽田坟边的那些杂草都除了。季米说要种些东西。千草他们以为季米要种树，但季米没种树。季米弄来很多花，栀子花、映山红、金银花、野茶花，还有许多各色各样说不上名的野花。季米在那地方种上了这些花。

季米说："宽田喜欢他的蜂，也喜欢那些花。来年花开了，花引蜂来，围着宽田飞，宽田会很开心的。"

季米说着哭了，千草和其他人也眼睛湿了，跟着哭起来。

后记

第二天，千草要跟着立五一行去执行那项重要任务。

季米说："千草的伤还没好利索，能走那么远路？"

立五、刘大吾、巩树年说："我们抬他背他！这任务很重要，没千草不行！"

千草走时跟季米说："季米叔，我很快就会回来的。"

季米点着头。

"我很快就会回来看你！"千草对季米说。

杨太方说："还有我呢？"

千草说："当然还有你，你等着我，我会回来接太方兄弟你的。"

"你也叫我兄弟？"杨太方说。

"我们就是兄弟。"千草说。

"那回你差点掐死我。"

“你看你还提这事？你看你？”

杨太方笑着说：“我是说笑的嘛！”

季米说：“千草，你要多保重，要早些回来看我们，我们等你。”

之后，千草、立五、刘大吾、巩树年四人消失在那边的树林里。他们去了那个隐秘的地方，取出了那批盐。他们带着那批盐，昼伏夜行，虽然十分艰难，但最终圆满完成了任务，完好无损地把那批盐在规定的时间里安全地送到首长指定的地点。

他们不知道的是，那批盐被及时送去了于都，供应给了陆续集结在那的八万多红军。红军要开始一次大的行动，那批盐成了最好的后勤保障，保证了红军足够的体力和士气。

后来，人们把那次大的军事行动叫长征。

千草和队伍一起走在了长征路上，历经湘江血战，历经雪山草地……再后来抗日战争、解放战争，直到全国解放，中华人民共和国成立。千草历经无数次险境，多次死里逃生，最终活了下来。

那一年，千草已经成为东北某国营大厂的厂长。上任前，他说他得回老家一趟。

那个春天，千草没回老家宁都小布，他家已经没有亲人了。千草带着几个随从，去了安远某地的山里。

千草还熟识那条路，十几年来，那条路一直在他的梦里出现。

棚寮还在，但已经破旧不堪，旁边建了两间石头房子。那地方依然泉响鸟鸣，有蜂蝶缭绕；那条山谷，依然是先前那个样子。正是阳春三月，漫山遍野，花开如炽。除了几声狗吠，周边很安静。

一条黄狗从石屋一角跳出来，朝着这几个陌生人吠。有人打开门，一个女人和一个小伢。他们睁大眼睛好奇地看着来客，一直没有说话。

那条黄狗就那么一直叫着，直到主人出现，才停止了狂吠。

那是个瘸子。那瘸腿男人身子一歪一歪地从那边走来。

"它看见生人就这样，狗嘛，都这样……"那男人笑着对来客说。显然，他没有认出来客。

千草一直盯着那男人的脸。

"你们是来找矿的吧。前些天也来了几个，是省城的人，他们说来找矿，说这一带山里藏了宝……你们饿了吧。屋里有水，有新蜜哩，你们有口福。省城找矿的说从没喝过这么好的蜜。我和我爷给他们做向导，他们是些好人……"那男人很热情，一直说着。

千草突然说："你是杨太方？"

男人停住了叨叨，凑近千草跟前眨巴着双眼仔细看了千草好一会儿，突然"哎呀"地大叫了一声，大了嗓门说："你是千草？对，你是千草！"

千草点着头，几个随行的部下云里雾里。

杨太方一瘸一拐地跑到山谷豁口处，大声喊着："爷哎！千草回了。爷哎！是千草！千草回了！"

千草和季米终于见面了，他们坐在棚寮前的小场坪上。季米给大家倒茶。季米泡的野茶里掺了蜜，千草很熟悉这茶水的味道。

"没想到太方你没走！"千草说。

251

"我为什么走？"

"我听到你喊季米爷。"

"嗯，我伤好后没走，季米救了我的命，他是我的恩人，我喊他爷。宽田死了，因我而死的，我没走，我不能走，我得陪着季米。"

"哦！"

"季米说得对，我们不走，哪地方也不去。季米不想看到杀人，我也不想看到杀人。"

"现在天下太平了。"千草说。

季米点了点头。

他们去了宽田的墓前，那些花开得正旺，果然有群蜂在那绕飞，发出嗡嗡的鸣唱。千草看见另一处隆起的小土包。

季米说："那是阿旺的坟，它是老死的，就让它陪着宽田吧。"

杨太方说："好狗好报，寿终正寝。"

千草问："那是弟妹吗，那个女人？"

杨太方说："是的。你走后的第二年，季米从山外带回来的，说是父亲加入了你们的队伍，死在战场，母亲改嫁了。一个四岁孩子无依无靠，季米可怜她，就带了回来。后来，这女孩长大了，就成了我的女人。"

"这很好！"千草说。

千草打消了带季米出山的念头，他知道季米不会跟他走，但他很放心。

这很好，一切都好！千草想。

杨太方说："省城找矿的人说，这里将来要开矿，会修一条马路。你下次来就方便了。"

"哦！"

"再说，你也可以经常来信的哟！"

千草睁大了眼睛看着杨太方。

杨太方说："真的！省城来找矿的人说，秋里，就会在这地方扎营。他们问我这地方叫什么，我告诉他们了。"

"叫什么？"

"米田啊！你忘了，这地名是你千草告诉我的。你看你千草竟然忘了？"

干草笑了起来，大家都笑了起来，笑声泛成回声，在山谷里来来去去地回荡……

253

也是一种追花

——长篇小说《追花的人》创作谈

　　我从事这一题材领域的创作，已经有四十多年了。我一直对此很热衷，笔耕不辍，乐此不疲。这些年来，不管社会对我的创作如何评价，我很冷静，依然坚持着。关于理由，我在很多文章中谈过。其实很简单，我少年时在赣南生活过多年，熟悉那里的一切。我坚持写我最有体验的生活和最熟知的人物，坚信这没有错。福克纳说他一生就写他的家乡"邮票"大一点的小小地方。苏童也一直坚持写巴掌大的两个地方——香椿树街和枫杨村乡。沈从文的笔下似乎只有湘西。汪曾祺坚守的是他的高邮。而我坚守我的赣南。当然，我所涉及的区域，比福克纳的家乡大得多，不止一张"邮票"大小。

我的文字，让读者和评论界褒贬不一，这很正常，他们的批评常让我从中受益。但没看过我的文字便妄加评论，我对此只能一笑置之。

《追花的人》中很大篇幅涉及安远县的尊三围和寻乌、全南两县的秘密交通线。这一点我是有想法的。多少年来，关于中央苏区，历史学者和作家多将视点集中于当年苏区的几个中心县，这并没有错。但几十年来，无数作家反复写那些故事，雷同重复不说，还让读者感觉审美疲劳甚至"腻烦"。更重要的是，当年中央苏区，赣南闽西四百多万人民，都曾经为苏维埃做出过牺牲。我们的视野和笔触要有更大的扩展。这是非常必要的。鉴于历史的丰富性和曲折复杂，我们应该挖掘更宽广更深入的东西予以呈现。

大家在我的这部长篇小说中，可以看出我在这方面的努力。

关于小说中的人物，读过的朋友或许会有些疑惑。这么一对父子，怎么能成为当下此类题材的主要人物？我写了很多同类作品，但都没想过这类题材到底要设定什么样的人物，或者说按有关要求必须写什么样的人物。我只是把少年时接触并熟悉的客家人，移植到另一个时空背景下予以表现。他们的觉悟，他们的奉献，他们的善良纯朴和美好的品德，是我笔下的重点和中心。

围绕主要事件的几个人物，是我刻意设置的。是这几个人物打破了这对父子的平静，带他们进入另一种生活并改变了彼此的命运。

我当然要关注人性，这是我整部小说要突出的中心，是我着笔时非常小心并浓墨重彩要表现的。

赣南客家文化的民俗民风形成的氛围是我

在小说中一直追求的。这部也依然如此。即使是相对封闭空间里发生的故事，也充满了当地的地域风情特色，也和乡民的习惯结合得紧密。这不仅让人物更真实、故事更耐读，也使作品语言有着相当的"土味"。

　　在语言方面，我依然故我，坚持用赣南客家土话和方言进行叙事，人物对话当然也须客家方言，这样不仅有地域特色，主要还是为了氛围的真实。先前，我很长时间里不明白小说语言和人物对话的这种作用，后来悟到这种功能，常常有种难于言说的欢愉。语言需要张力。这种张力到底是什么，各有各的说法，通俗来讲，是节奏、语态、方言等营构出的一种让读者读来有某种快感的东西。但有一点，不管哪种语言，都要服从于内容。

　　摆脱概念化、说教化，是此类题材作品创作最难做好的工作。这类题材被归纳为红色作品，自然就让人觉得教化功能强于其他。这是误区。如果读者读不下去，任何教化都是空谈。所以，我很注重故事，注重故事背后所蕴含的寓意。

有人觉得我写此类题材，因此得了许多的好处，蹭得许多的"光环"，我也只能笑笑。很多熟悉我的老朋友都知道，我着实因为创作此类题材，给我人生带来很大的"影响"，是人生的一个大的跟头，好在我一直没有放弃，一直坚持到现在。

对我来说，坚守还会持续，我会一直关注那些裹挟在红色大潮中的小人物，尽可能通过他们，展现一个时代的大背景，诠释那句放之四海而皆准的话："江山就是人民，人民就是江山。"

仅此而已。

张品成